那一天，你做了什麼

正己寿香
まさきとしか

あの日、君は何をした

目錄

第一部

二〇〇四年

「被懷疑連續殺害女性而遭到逮捕的林龍一嫌犯從宇都宮警察署逃走已經三天了，栃木縣警動員兩千位警員搜索該嫌犯的下落，至今尚未尋獲。

林姓嫌犯於三月二十三日從宇都宮警察署的廁所逃走，在偷竊腳踏車時被監視器拍下。嫌犯的逃跑路線還不確定，但他很可能已經離開栃木縣，躲到鄰縣。

重大案件的嫌犯脫逃使得當地居民人心惶惶。」

「鄰縣？那不就在我們附近嗎？真是的，警察到底在搞什麼嘛。」

部長一邊看午間新聞一邊說道，像是在自言自語，其實他還一邊觀察著其他人的反應。但三位女職員都充耳不聞，默默地吃著便當。最年長的她也是如此。她原本下意識地想要附和「就是說嘛」，但又想到自己即將辭職，沒必要再討好他。

午休時間在會議室吃飯時，大家通常會看塔摩利的《笑一笑又何妨！》，但今天部長不知怎地拿著便利商店便當走進來，擅自切換成新聞頻道，所以女職員都不太高興。

出現在電視上的林姓嫌犯有一頭短髮，體格壯碩，一雙瞇瞇眼的眼角冷酷地往上挑，看起來就像個殘忍的殺人凶手。殺害兩位女性並拿走財物的林姓嫌犯是在三天前——也就是被逮捕的當天——從警察署的廁所逃走的。

「妳們也要小心一點喔。」

部長看著女職員說道，但她們都沒有回應。

「知道吧？要小心點喔。」

部長注視著最年長的她，再次說道。那鏡片底下的眼睛彷彿在嘲笑她，暗示著「像妳這樣的女人就用不著擔心了」。

她在人壽保險公司的這間分公司已經工作十八年了，近年來從事壽險業務的女職員陸續辭職，取而代之的是打工的年輕女性。如今正職的女職員只剩她一人，她總覺得部長那群男人也在期待她快點離職，所以在公司待得不太自在。不過她已經決定半年後要跟小她四歲的男友結婚，下個月底就要光榮離職了。

她拿起桌上的手機。男友到現在還沒回電。

昨天她在下班回家的途中買了可以傳送影片的最新型手機，晚上就傳訊息跟男友說「我買了新手機喔！」，還拍了自己房間的影片一起寄去，喜歡新事物的男友卻沒有回應，太奇怪了。說不定是訊息傳失敗了，她打算晚點再檢查看看。

「剛剛收到一則消息。

今天凌晨兩點左右，有人在距離宇都宮市七十五公里的前林市發現嫌犯林龍一，警車趕過去之後，發現一位騎腳踏車但沒開車燈的可疑人物。

警察正要上前盤查，那人卻騎著腳踏車逃走，在一公里外撞上停靠路邊的卡車。騎腳踏車的人經查明是住在前林市的十五歲國中男生。該位國中生的頭部遭到強烈撞擊，送醫之後不治身亡。

該位國中生和林姓嫌犯沒有關聯。警方對國中生死亡一事表示遺憾，但聲明當時的行動沒有任何不當之處。」

「喂！是前林市耶！不就是我們這裡嗎！」

打工的女員工激動地叫道。

「那麼嫌犯也在前林市囉？」

另一個女員工也很緊張。

「討厭，真嚇人。」

「所以發現嫌犯的人看到的其實是那個死掉的國中生？」

「這就不知道了。」

原本沉默不語的兩位女員工停下筷子，聊了起來。

「可是國中生還是小孩子，怎麼會被誤認成嫌犯呢？」
「或許他長得比較高吧。」
「我覺得兩邊都有錯。」部長插嘴說道。「警察的確出了大包，但是那個國中生也不該在凌晨兩點到處遊蕩。說起來都是他自己一看到警察就逃走才會造成誤會。他該不會是個小太保吧？」
「……小太保？」
兩位打工的女員工愣住了。
「就是小混混的意思。一個國中生半夜出門遊蕩，給別人帶來這麼多麻煩，最近的家長到底都是怎麼教孩子的？這些家長自己沒教好孩子，還把孩子死掉的責任推給警方，真是太不講理了。」
聽到部長那句尋求同意的「對吧？」，她回答「這孩子真會惹麻煩」。
「林姓嫌犯目前依然在逃，很有可能繼續犯案。希望警方能盡早將其逮捕歸案，以免又有其他人受害。」
聽到主持人這番話，她心想這陣子最好都走人比較多的路。更令她掛心的是，男友到現在還沒回覆她的訊息。

1

「看看我！」水野泉有時會突然這麼想。

新聞報出嫌犯林龍一逃走的那一夜也是如此。

餐桌上擺著手捲壽司、千層麵、麻婆豆腐、炸雞塊、水果沙拉，冰箱裡還有蛋糕。女兒沙良苦笑著說「這種搭配也太怪了」，但眼中還是浮現了喜悅的光輝。

女兒沙良喜歡千層麵，兒子大樹喜歡手捲壽司，麻婆豆腐和炸雞塊則是丈夫克夫的愛好。

泉笑嘻嘻地說「還有蛋糕喔」。

「太好了！是『Clover』的嗎？」

沙良露出了燦爛笑容。

Clover 是火車站後面的蛋糕店，價格幾乎是其他店的兩倍，所以不能想買就買。

「今天是特別的日子，當然要買『Clover』的。」

「我的巧克力蛋糕呢？」

大樹從二樓走下來，插嘴說道。

「放心，媽媽當然有買。」

「那我的提拉米蘇呢？」
「別擔心，媽媽不會漏掉的。」
泉邊說邊露出得意的笑容，姊弟倆開心地彼此擊掌喊「耶！」。
「哇，好棒喔，還有鮭魚子和蔥拌鮪魚呢。」
大樹打量著桌上，開心地說道。
「快開動吧，爸爸的肚子餓得咕嚕叫了。」
早就坐在桌邊的丈夫收起晚報，對兩人笑著說。
這天晚上要幫孩子們慶祝。
沙良考上了第一志願的大學，大樹也考上了第一志願的高中。兩人的學校都在本地，所以四月開學以後一家四口還是會住在一起。
「媽媽做的千層麵好好吃喔！」「啊，不可以把我那份吃掉喔。」「喂，大樹，你拿太多鮭魚子了啦！」「我又沒有拿很多。」「還是真正的啤酒好喝啊。」「如果你吃掉全部的鮭魚子，我也要吃掉全部的千層麵喔。」「那妳就會變得更胖喔。」「更胖是什麼意思？你是說我已經很胖了嗎？」「老婆，我可以再喝一罐啤酒嗎？」
突然有一道光柱打在這熱鬧的餐桌上，如同在向世界宣告，這幅景象正是幸福的象徵。
看哪！泉如此想著。看看我！我是這麼地幸福！

她突然有種想要大喊的衝動。

關心家人的丈夫，聽話乖巧的孩子們。看似平凡的家庭。生活算不上富裕，也不會引起別人注意。

不過像這麼幸福的家庭想必不多吧。

泉的腦海裡浮現了一位同為母親的朋友，她的丈夫經常調動，而她總是穿著名牌衣服，化著精緻的妝容，經常跑美容中心、美甲沙龍、健身房和烹飪班，而且老是炫耀自己有錢揮霍又有時間享受。大家聽了都會說「真好」、「太棒了」，但泉一點都不羨慕她。與其把時間金錢用來打扮自己，還不如用在孩子身上。那女人兩、三年前搬走了，後來就沒再見過了，不知道她那個和大樹同齡的兒子怎樣了？那孩子感覺有點陰沉，說不定現在成天把自己鎖在房間裡，又說不定已經學壞了，還會對父母大罵「少囉嗦！」、「去死！」。

像那樣的孩子多的是。泉兼差工作的同事抱怨過女兒罵她「死老太婆」，還有同事抱怨兒子因為染髮而被學校停學。

泉又望向坐在桌子對面的孩子們。

「大樹，你上了高中還會繼續練劍道吧？啊，要醬油嗎？」

沙良幫大樹的小碟子加了醬油。

「謝啦，我是很想繼續練啦。」

「但是？喂，你沾太多醬油了吧。」
「我還在考慮是不是要試試看其他運動。」
「譬如說？」
「像弓道之類的。」
「弓道很悶耶。這樣會不受女生歡迎喔。」
「不受女生歡迎就算了。」
「那間是升學學校吧？你真的可以參加社團活動嗎？」
「應該沒關係吧。我也不確定。」
「就叫你不要拿那麼多鮭魚子嘛。」
聚光燈持續地打在熱鬧的餐桌上。
泉感覺自己像是切換了視角，俯瞰著光柱之中的這幅景象。從遙遠的上空往下看，這完全是一幅幸福家庭的景象。
真希望大家看到，真想讓大家看看，我的生活是如此地幸福。這個念頭不斷地膨脹。
泉從小就覺得自己長得不漂亮。黑皮膚，粗眉毛，單眼皮，眼尾上揚，兩頰之間夾著圓鼻頭和薄嘴唇。或許是因為黑色素較多，她的頭髮和眼睛都是烏溜溜的，不笑的時候就像是很鬱悶。她四十二年的人生之中不肥胖的只有剛出生的那一年。

成績普普通通，缺乏運動神經，沒有任何出眾之處，除了又醜又胖之外沒有任何特色。為了不讓別人發現她的自卑，她總是面帶笑容。

丈夫以「跟妳在一起很放鬆」的理由向她求婚時，她一方面覺得很開心、很慶幸，另一方面又因自卑和畏縮而憂慮不已。

但是孩子出生後，一切的情況都不同了。她不化妝，頭髮隨便紮起，給哭鬧的嬰兒餵奶，換尿布，清理嘔吐和屎尿，洗衣服，打掃房屋。泉覺得這是神賜給她的任務，她生來就是為了當母親。過去的她一直是個沒有優點的女人，但是當了媽媽之後，她又胖又醜的外表和掩飾自卑的豪爽笑容都讓她成了典型的「強韌大媽」。變成強韌大媽之後，她經常會突然覺得自己比任何人都幸福。

「殺人犯還沒抓到耶。」

丈夫的聲音讓泉回過神來。

電視正在播放七點的新聞節目，一開始就提到兩天前從宇都宮警察署逃走的林姓嫌犯。

「逃跑還會罪加一等耶，他真笨。」

大樹用孩子氣的口吻說道。

「我本來以為很快就會抓到，沒想到這麼久了還沒抓到。」

沙良開口附和。

「他已經殺了兩個人耶，那一帶的居民聽說他逃走一定很害怕。」

泉的話中帶著慶幸的意味，她很慶幸這件事不是發生在本市。

「可是他騎著腳踏車，不知道跑多遠了。說不定已經跑到我們前林市了。」

「咦！那你們可要小心點喔。」

「我們這一帶最近不太平靜，內衣賊也還沒抓到。那個賊和去女校偷體育服的一定是同一個人。真噁心。」

最近常聽到關於內衣賊或可疑人物的話題，街坊鄰居都很不安。

「如果妳要晚點回家，就打個電話，爸爸可以開車去接妳。」

「可是爸爸自己也都很晚回家，而且都會喝醉。」

沙良笑著吐槽，丈夫握著啤酒罐，被堵得無言以對。

「那就媽媽去接吧。」

「我也可以去啊。」

「大樹又不會開車。」

「我騎腳踏車去。」

「腳踏車不可以雙載啦。」

「總是好過碰上殺人犯吧。」

「都說了媽媽可以去嘛。」

「好好好，那就有勞各位了。」

沙良開玩笑地鞠躬。

一家四口體貼彼此的對話更讓泉感到幸福。

大樹吃完蛋糕後，說著「我吃飽了，真好吃！」，站了起來。

「等一下還要看書嗎？」

「嗯，我得用功一點了。」

「今天暫時休息一下也沒關係嘛。」

泉埋怨似地說道，卻又不禁感到好笑，覺得母子的角色好像對調了。

大樹一向用功讀書，但他考上高中之後反而變得更用功，說是「怕成績落後別人」，泉看了都想抱怨「男孩子就該貪玩一點才對嘛」。

她對兒子說「不要太累了喔」，兒子露出天真的笑容，回答「我知道啦」。

收拾乾淨、準備好明天早餐和便當的食材、洗過了澡，時間拖得比平時更晚。

泉坐在餐桌旁的椅子，慢慢喝著熱牛奶。呵。她吁了一口氣，聽起來像是笑聲。

她的丈夫是做土木工程的，所以水野家到晚上十點之後就聽不到聲音，雖然青春期的孩子都會想要看電視聽音樂直到深夜，但他們怕吵到父親，都盡量不發出聲音。

她的兩個孩子都很乖，而且奇蹟似地沒有遺傳到她的醜樣。泉的嘴角自然地上揚，發出呵呵的笑聲。她這一路走來並非一帆風順，流淚、生氣、擔心的次數多到數不盡，尤其是兩三年前，沙良和大樹開始覺得她很囉嗦，讓她覺得世界一片黑暗，懷疑是自己的教育方式出了問題。如今回頭再看，那些衝突小到根本算不上叛逆期。

抬頭看看時鐘，現在是十點十分。

泉的心裡還殘留著先前的興奮，她一點都不想睡。不過明天一樣要五點起床，再不睡就起不來了。泉一口喝光了剩下的牛奶。

走出客廳時，她聽見細微的聲響。是從外面傳來的。喀嚓一聲，像是打開了什麼的聲音，還有鞋子踩在地面的聲音。

泉停止了動作。

她想起晚上七點的新聞提到從宇都宮警察署逃走的連續殺人犯，可能騎腳踏車逃到遠處了。那人已經殺了兩個女人，拿走財物。

她頓時嚇得手腳冰涼，寒毛直豎。

屏住呼吸，仔細聆聽。

感覺大門似乎隨時會被撬開。

她心想乾脆打開大門看看，又很怕一開門就看見身穿黑衣的彪形大漢。要不要叫丈夫起來呢?不行,這樣未免太大驚小怪了。丈夫最近很忙,他今天是為了幫孩子慶祝才提早回家,就讓他多睡一下吧。

我是個強韌大媽,我得盡力照顧每一個家人才行。

泉在門口站了好一陣子,仔細注意外面的動靜。

聽不到聲音了,也沒感覺到有人在。

她安心地喘了一口氣,覺得自己這樣緊張兮兮的太可笑了。只是神經過敏吧。或許她是把鄰居或路人的聲音誤認為是近處傳來的。

回到二樓的臥室,熟睡中的丈夫發出細微的鼾聲。泉看著他一如既往的睡臉,心想還好沒有叫醒他,躡手躡腳地爬上了床。

醒來的時候,她覺得有一段時間消失了,不知道是因為睡得太熟,還是突然失去了意識。唯一明確的只有強烈的尿意。

我睡前有去過廁所嗎?好像是因為太注意外面的聲音而忘記去了。拿起枕邊的鬧鐘一看,已經四點多了,這才發現自己昨晚睡得很熟。

她靜靜地下床,以免吵醒丈夫。窗簾一片昏暗,感受不到清晨已經到來。下樓梯時,腳底冰冰涼涼的。

上完廁所後,她思索要不要再回去睡一下。可能是因為昨晚睡得很熟,現在腦袋非常清醒。

客廳的電話響起，嚇得她心臟狂跳。她發出「咦？」的一聲。

泉趕緊打開客廳的門，打開電燈，看看牆上的時鐘。四點十二分。

電話上的綠燈閃爍，持續發出吵鬧的鈴聲。

真不想接。她直覺地感到排斥，隨即想到一定是父親出事了。在靜岡老家和哥哥一家人住在一起的父親有高血壓和心律不整的毛病，他以前沒有生過大病，但說不定會突然病倒。

泉一直注視著閃爍的綠燈，直到想起丈夫可能會被吵醒，才拿起話筒。

「是水野家嗎？」

這不是她哥哥的聲音，而是刻意不帶感情的男聲。泉本來以為會聽到醫院的名稱，那男人卻說自己是警察，然後問她「水野大樹在嗎？」。

「啊？」

「我說水野大樹，他在家嗎？」

「……是的。」

泉的語氣裡充滿了疑惑。

「他真的在嗎？他現在在家嗎？可以請大樹來聽嗎？」

這個人到底在說什麼？一大早打電話來到底想幹什麼？他真的是警察嗎？

對方似乎看穿了泉的疑問，繼續說道：

「剛才有一位騎腳踏車的男性發生車禍，我們發現那輛腳踏車登記的是水野大樹的名字。」

「大樹的腳踏車被偷了嗎？」

泉想起了昨晚的聲音。像是有什麼打開的喀嚓聲，還有鞋子踩地的聲音。腳踏車或許是在當時被偷走了。

「我想確認一下，麻煩妳叫大樹來聽電話好嗎？」

「就算那是大樹的腳踏車，也不是大樹的錯吧，大樹又沒有犯罪。」

失竊的汽車發生車禍，車主有時也得承擔賠償的責任。腳踏車說不定也一樣。警察來找大樹是為了追究責任嗎？

「妳是大樹的母親嗎？」

「是的。」

「我只是想確認大樹在不在家，能不能請妳叫他來聽電話？」

一定要他親自來接聽才行嗎？難道不能等到天亮嗎？泉很不情願，但還是請對方稍待片刻，然後走上二樓。

她在二樓走廊拿起分機，敲敲大樹的房門，喊著「大樹」，開門走進去。

靠窗的床上鼓鼓的，看不出異狀，但泉的感官立刻察覺到不對勁，她嚇得渾身冰涼，彷彿血液都結冰了。

她一把掀開棉被。

出現的是黑暗。泉發出「咿」的驚呼，用顫抖的手打開電燈，發現大樹不在床上，只有大樹的運動服躺在那裡。

大樹不在。大樹消失了。泉不禁發出尖叫。

「怎麼了？」

回頭一看，丈夫站在後方。他瞇著眼睛，似乎覺得很刺眼。

「大樹……大樹不在。」

「是去廁所了吧。」

丈夫如此說道，然後他看見了泉手中的分機。

「有電話嗎？」

泉點點頭，說道：

「是警察打來的……說大樹的腳踏車被偷了。可是，大樹不在……」

丈夫從泉的手中搶走分機，靠在耳邊喊著「喂喂」。

「你們在做什麼？」

沙良的聲音從後面傳來。泉還反應不過來，她的眼睛盯著床上的運動服，耳朵聽著丈夫的聲音，身體完全無法動彈。

她覺得自己彷彿從充滿明亮光芒的地方漸漸沉到地底。有一種即將發生大事的預感。

希望丈夫露出笑容。泉默默祈求著。氧氣從顫抖的身體溜走，令她喘不過氣。

希望丈夫安心地說出「原來是這麼回事啊」。希望他發出哈哈大笑。希望他愉快地說「是我老婆誤會了，她嚇得半死呢」。

泉一邊祈求，一邊意識到有個巨大的東西正用冰冷的眼神俯瞰著她。

2

泉發現今天是星期日，就想起了手機的事。

她答應過大樹，要買手機給他，做為考上第一志願高中的禮物。大樹當時看著手機型錄，興奮地向她說明這款手機的性能和數位相機一樣好，還配備錄影功能。他們本來說好今天要一起去買大樹想要的那款手機。

泉可能比大樹更期待這一天。大樹升國中之前變得討厭和媽媽一起出門，泉也覺得這很正常，所以沒有勉強他。現在母子倆終於又要一起出門了，她計畫買完手機之後要去中式餐館吃午餐，再去拿高中制服。

泉想像著大樹穿上新制服的模樣。

由於考慮到大樹還會長高，所以制服做得比較大，穿起來不太合身。就像孩子穿爸爸的襯衫似的，泉發現本以為已經長大的大樹其實還是個稚齡的少年。

泉覺得自己一定會感動落淚，為了掩飾情緒，她會敷衍地說「不錯啊，很適合你」，問丈夫和沙良「對吧？」徵求他們的意見，丈夫會笑著說「嗯，很適合，真是個閃閃發亮的高一新生」，沙良則會嘲笑他說「太大了啦，如果以後沒長高就糟了喔」。

大樹在害羞之餘，或許會用剛買的手機拍下家人談笑的影片。泉彷彿能聽見自己笑著抱怨「不要拍媽媽啦」的聲音。

——妳的兒子平時會做壞事嗎？

男人的聲音又浮上心頭，如同從沼澤浮現。

——說不定他瞞著父母做過什麼事。

雖然聲音很清晰，感覺卻一點都不真實，彷彿腦袋被塞進了別人記憶的碎片。

突然有人用力握住泉的手，嚇得她渾身一顫。

「我相信大樹絕對沒有做壞事，妳不用在意別人怎麼說。知道吧？」

一個穿著黑衣的女人站在泉的面前，她眼神凌厲，雙手握住泉的手上下搖晃。

「真是令人同情，太可憐了。」

女人說完這句話就放開了泉的手。

同情？可憐？這女人到底在說什麼啊？

一片黑色在泉的視野裡蠕動。

穿黑衣的人們陸續從她的眼前經過，而且一邊鞠躬，嘴裡念念有詞。瀰漫著香燭味道的昏暗空間，人們的呼吸和竊竊私語。光線照射的地方擺著大樹的照片，周圍裝飾著白色和藍色的花朵。

——他大概是做了虧心事才會逃走。

眼前看到的景象，和耳朵聽到的聲音一樣不真實。

泉發現自己正靜靜地哭泣，覺得自己在別人的記憶中變成了其他人。我得回到聚光燈照射的那幅幸福景象之中才行。剛買的手機。新制服。沙良嘲弄大樹，大樹假裝生氣卻忍不住笑出來。丈夫笑咪咪地看著兩個孩子的互動。看看我！我是如此地幸福！

——真是令人同情，太可憐了。

那女人的聲音又再響起。

泉看著那女人離去的方向，但眼前都是穿黑衣的人，她找不到剛才那個女人。

「大樹！」

尖銳的呼喊撞擊著她的耳膜。

一位少女攀著棺材。她穿著和大樹同一所中學的制服。

「大樹！不要啊！」

那悲痛的呼喊打斷了人們的竊竊私語。在一切都靜止了的空間裡，只有少女的聲音依然迴盪。

「不該發生這種事的！為什麼大樹會死呢！大樹！」

她不肯離開棺材，雙手拿著的白百合搖晃不定。

「鞠香，鞠香，妳還好吧？」

少女在朋友的攙扶下，把百合花放進棺材。兩人離開棺材之後，穿黑衣的人群又開始蠕動，繼續竊竊私語。

兩人一邊鞠躬一邊從泉的面前經過。名叫鞠香的少女雙手摀臉、嗚咽地哭著。她拇指的底部有一顆小痣。

不該發生這種事的。為什麼大樹會死呢？

少女說的話此刻才傳進泉的耳中，落在她的心上，漾起一片漣漪。

泉抬起頭，看見大樹的臉，他被白色和藍色的花朵圍繞著，直視著前方而笑。蠟燭燃著火苗，香冒出白煙，下面擺著棺材。昏暗的空間裡只有靈桌打上微弱光線，像是在強調這才是現實。

——不該發生這種事的。

少女的聲音變成了自己的聲音。泉喃喃說道：

「不該，發生，這種事的。」

泉邁出步伐。她不知道自己要去哪裡，要做什麼，她只想盡快離開這個地方。

有人拉住她的手臂，她一轉頭，看到眼睛哭腫的沙良。沙良用發紅的眼睛注視著母親，沉默地搖搖頭。

丈夫走到麥克風前，一邊哽咽一邊斷斷續續地說話。吸著氣的顫抖聲音透過麥克風傳出。

「……大樹……是我們家……的寶貝！」

這聲叫喊如同蘊含著累積在心中的所有情緒。

這一瞬間，抽泣聲如地鳴般搖撼著空氣，泉也不知不覺地成了地鳴的一部分。她的腦袋跟不上外界的變化，她搞不懂自己為什麼哭。

在工作人員的催促下，泉一家人離開了葬禮會場。

一走到室外，就被耀眼的光芒籠罩。

陽光從藍天傾注而下，看起來明亮又神聖，世界彷彿充滿了幸福。

「不好意思。請你們離開！」

一位男性工作人員困擾地說道，泉轉過頭去，看見好幾臺電視攝影機。

「葬禮辦完了，妳現在心情怎麼樣？」

「有什麼話想對警方說嗎？」

「妳兒子是怎樣的人？」

看似記者的男人們爭相喊道。

更遠的地方也有聲音傳來。

「你們是大樹的同學吧？大樹是怎樣的人？」

她往右望去，有個戴眼鏡的男人拿著筆，對幾個穿制服的男學生說話。從泉的角度看不到那些學生的臉，也聽不到他們的聲音。

「喔，這樣啊，你們是同年級的啊。大樹在學校有惹過什麼麻煩嗎？」

大樹的同學們是怎麼回答的？他們有沒有說謊？有沒有說大樹的壞話？泉豎起耳朵，專心聆聽。

「大樹有加入不良少年的組織嗎？」

男學生說了些什麼，但泉還是聽不到聲音。

「至少會有一些不好的傳聞吧？」

她有一種想要大喊「給我好好回答！」的衝動。她想告訴大家，大樹是個好孩子，他既體貼又聰明，每個人都喜歡他。

當泉把注意力都放在男學生的回答時，有個眼角上揚的男人走到她面前，伸直的手上拿著錄音機。

「妳的兒子是不是有可能認識林姓嫌犯？」

他的聲音聽起來像是怒吼。
「關於這件事，警方有沒有說過什麼？」
男人明顯帶著怒氣，但泉不明白這個人為什麼對他們發脾氣。
「太沒禮貌了！你懂不懂分寸啊！」
參加葬禮的賓客破口大罵。「能不能考慮一下家屬的心情啊！」「就是啊，現在是在出殯耶！」
大樹到底做了什麼？我們家到底做了什麼？
她真想問在場所有的人。不，她還想問全世界的人、天上的人，甚至是神。
泉往前走了一步。
「那孩子做了什麼壞事嗎？」
她發出泣血的嘶喊。
四周的竊語聲頓時消失，世界離她遠去，在這猶如真空的空間裡只聽得見她的聲音。
大樹一點錯都沒有！大樹是個好孩子！我們是幸福的家庭！
她不確定自己是不是說了這些話。
「妳覺得自己沒有錯嗎？」
一個惱怒的聲音從近處撲到泉的臉上。

她氣憤地盯著再次伸到眼前的錄音機。

「妳不覺得妳兒子惹人誤會的行為妨礙警察逮捕凶手嗎？妳不覺得自己也有責任嗎？」

「你說得太過分了！給我收斂一點！」「請你離開！」「喂，你是哪家媒體的記者？」

怒吼聲從四面八方傳來。

「非常抱歉！」

站在右邊的丈夫突然深深鞠躬，大聲說道。

「真是對不起大家！」

「為什麼？」

泉拉著丈夫的身體，想讓他抬起頭，但丈夫依然彎著身子，一動也不動。

「為什麼？你為什麼要道歉？大樹又沒有錯！那孩子沒有做任何壞事！我們一點錯都沒有！為什麼我們會遇到這種事？不應該發生這種事的！」

她大喊著，癱倒在地。

泉坐在坐墊上，注視著靈桌。

大樹的照片和骨灰罈都在眼前，泉卻覺得這一切看起來就像跟自己毫無瓜葛的遙遠事物。

紙門後面的客廳傳來沙良的啜泣聲。丈夫低聲地說話，但泉聽不清楚他在說什麼。

泉呆呆地看著靈桌，左手無意識地摸著坐墊上固定棉花的穗子，那光滑的觸感輕柔地刺激著指腹。彷彿所有的神經都集中在指尖，穗子的觸感非常鮮明。她突然想到，這穗子是什麼顏色的呢？是紅色的？還是深藍色的？她只要低頭就知道了，但她連這麼小的動作都做不到。

電話響起。泉立刻跳起來，拉開紙門，衝進客廳，默默看著發出鈴聲的電話。她手腳冰涼，心跳加速，全身的寒毛豎了起來。

「媽媽……」

泉對沙良哭泣的聲音充耳不聞。

電話答錄機嗶的一聲啟動了。

「都是你們家兒子害的，現在又有人遇害了。你們身為父母要怎麼負責啊！混帳家長！」

然後電話就掛斷了。那是男人的聲音。

丈夫默默地起身，拔掉電話線。

「不行，不可以拔掉！」

泉又把電話線插了回去。
「為什麼不可以？接到的都是這種電話。」
丈夫沉痛地說道。
騷擾電話接連不斷，都是因為昨天的談話節目播出了大樹葬禮那天的影片。雖然死者家屬打了馬賽克，但還是聽得到聲音。
——那孩子沒有做任何壞事！
——我們一點錯都沒有！
泉那番發言引發了社會大眾的反感。
因為昨晚又有其他人受害，使得群情更加激憤。在深夜的住宅區，一位女大學生被人用刀割傷，包包也被搶走，監視畫面顯示凶手就是依然在逃的林姓嫌犯。
水野家的電話是舊式的，雖然有答錄機功能，卻無法顯示來電號碼。
——都是因為你們家的笨兒子才讓殺人犯逃走，你們應該負責！
——妳說你們一點錯都沒有？開什麼玩笑！都是因為你們才害得一個漂漂亮亮的女大學生受傷，你們應該下跪道歉！
——你們家兒子是內衣賊吧？他那天晚上一定也是要出去偷內衣，所以才會看到警察就逃走。真下流！
人們對答錄機說出的汙言穢語刺痛了泉的心，一點一滴殺死了她的細胞，但她還是如同被附身一般，堅持繼續面對陌生人的惡意。

沙良哭著說：

「警察都說過大樹和凶手沒有關係了，為什麼大家還要這樣罵我們？」

她丟下一句「我再也受不了了」，就跑出客廳了。

「再忍耐一陣子。再過一陣子就好了。大樹沒有錯。」

丈夫喃喃說著，像是在說服自己。

泉心想，我還要再忍耐多久，大樹才會回來呢？

在泉的心中，大樹依然存在。他不再具有形體，像雲朵一樣變成一片片，飄浮在這個世界。他存在於人們的口中，存在於提到他的人們的身邊，變成零散碎片的大樹正受到那些陌生人的惡意所束縛，無法回到泉的身邊。

她必須搶回來。必須把大樹從說他壞話的那些人的手上搶回來。為此，她非得保護大樹的名譽不可。

泉握住電視遙控器。

現在剛過下午三點，此時有好幾個頻道在播談話節目。丈夫說「最好不要看電視」，但泉還是打開電源。

泉一家人都沒有看昨天播出的談話節目。

騷擾電話突然變多讓他們很惶恐，不知道到底發生了什麼事，還是婆婆打電話來告訴他們，他們才知道早晨和下午的談話節目都播放了葬禮的影片。

泉迅速地切換頻道，看到有個節目正在談論林姓嫌犯的新聞。

她聚精會神地看著主持人和評論員的討論。

「林姓嫌犯到今天已經潛逃一個星期，現在又出現了第三位受害者。」「受害者能保住性命真是不幸中的大幸，但臉部遭到割傷，還是很令人難過。」「林姓嫌犯到底去哪了呢？」「說不定躲在某處的空屋吧。」

主持人的背後有一張地圖。

林姓嫌犯逃走的警察署畫了紅色星形記號，有人目擊到嫌犯的地點則是畫上紅色圈圈。

「本週原本是有機會抓到嫌犯的。」

主持人用指揮筆指著的地方，就是泉一家人居住的前林市。

「四天前，也就是二十六號，凌晨兩點左右，有民眾報案在前林市看到林姓嫌犯，從監視器拍到的畫面也能確定那是林姓嫌犯本人。警察接到報案之後立刻趕來，很不幸地剛好有一位國中生騎腳踏車經過附近，警察正要去盤問，國中生卻逃走了。這位國中生的體型和林姓嫌犯相差很多，警察卻開著警車追趕他，這種做法是正確的嗎？」

主持人詢問的對象是一個掛著「前警視廳搜查官」頭銜的中年男人。

「這個嘛，依照警察的職責當然要追上去。」

主持人露出滿意的表情，繼續說：

「少年騎腳踏車逃走之後撞上停在路邊的卡車。警察為了叫救護車、在車禍現場蒐證，耗費不少時間，讓林姓嫌犯有充分的時間可以逃跑。如果當時抓到林姓嫌犯，也不會出現新的受害者了。」

剛才的中年男人再次出現在螢幕上。

「有人說都是那位少年的錯，但他跟嫌犯又沒有關係。把所有責任都推到他身上根本是在模糊焦點。」

「這樣說也沒錯啦……不過那位少年為什麼要逃跑呢？」

這次主持人詢問的是一位和泉年齡相仿的女人。掛著「教育專家」頭銜的女人的烏黑頭髮做了完美造型，身穿象牙白的套裝。

「少年已經不幸身亡，所以理由無從得知……不過他剛從國中畢業，四月就要升上高中，這正是心情最放鬆、最容易胡作非為的時期。如果家中有這種年齡的孩子一定要特別注意。」

泉咬緊牙關。牙齒咬得喀噠響。

「說什麼啊？」她顫抖地說道。「這個女人在說什麼啊？」

丈夫搶走泉手中的遙控器，電視螢幕立刻變黑。

「不要關！」
泉想搶回遙控器，但丈夫把遙控器藏在背後，不肯給她。
「妳又何必看這種節目？」
「可是他們把大樹說得多壞似的！」
「只有現在。這只是暫時的。他們是因為事不關己，覺得有趣，說說風涼話罷了。」
泉覺得丈夫冷靜過頭了，上次也一樣。在葬禮那一天，丈夫還向大家鞠躬道歉，他不但沒有保護大樹的名譽，反而跟大家一起汙衊大樹。
「大樹是個好孩子！」
「妳不說我也知道。」
「光是知道有什麼用？我問你，你真的覺得無所謂嗎？聽到別人說大樹的壞話，你一點都不在乎嗎？」
「我怎麼可能不在乎！」
「那你之前為什麼向大家道歉？」
「我又有什麼辦法！」
丈夫吼道，把遙控器摔在沙發上，離開了客廳。
泉撿起遙控器，又打開電視。

有一個少女的聲音說著「太過分了」。鏡頭只拍到身穿黑色西裝外套的少女的脖子以下，字幕打著「亡故國中男生的朋友」。

「我不懂大家為什麼要一直批評大樹。」

少女在螢幕上說道。她提到「大樹」的時候被加上了電子音效，聽不清楚名字。

「他又沒有做壞事，這樣太過分了。這種事不應該發生。」

聽到這句話，泉突然想起一件事。

──不該發生這種事的！

──為什麼大樹會死呢！

泉想起在葬禮上聽到的呼喊，心想她或許就是當時那位少女，那位攀在棺材上哭叫的女孩。泉記得她好像叫「鞠香」。當時她幫泉說出了心底的話。

「他在學校有不好的傳聞嗎？」

女記者裝出一副嚴肅的表情，但還是藏不住心中的惡意。

「沒有。」

說得清楚一點！泉用力握緊遙控器。她希望全世界都知道，大樹是個好孩子，他既體貼又聰明，每個人都喜歡他。

「那他為什麼三更半夜在外面遊蕩，而且一看到警車就逃走？」

「出門散散心有什麼不對的？看到警車會逃走只是因為害怕吧，如果是我突然被警察叫住，也一定會驚慌失措的。大樹是個很好的人，他聰明認真又體貼，每個人都喜歡他，你們卻老是說他壞話，大樹太可憐了！」

少女說完就用雙手摀住臉，哇的一聲哭了出來。泉看不到少女的臉，只看到她拇指的底部有一顆小痣。泉相信她就是當時的女孩。少女的哭聲還帶著稚氣，充滿了單純的悲傷。

泉覺得電視上的少女就像是自己的分身，她把泉想說的話都說出來了。

這位叫鞠香的女孩和大樹是什麼關係呢？

泉想到這一點的時候，意識飄到了另一個次元。

「嘿，大樹，這個女孩是誰？」

泉脫口說道，一邊無意識地轉頭望向右邊。

空無一人的單人沙發。後面是空無一人的餐桌。沒有人回答泉的問題。

泉倒抽一口氣。

在她熟悉的房子裡，無論是家具的擺設、窗外照進來的陽光強度、投在白色牆壁上的陰影、偶爾傳來的車聲、只有自己聞得到的味道，一切都變得好陌生。那些事物彷彿化成了沒有靈魂的空虛，圍繞在泉的身旁。

包覆著她的薄膜突然剝落，現實生活伴隨著強烈的衝擊展露在她面前。

大樹不在了……

直到此刻，泉才第一次意識到這件事。

她「咦」了一聲。

她把視線拉回電視，螢幕上正在播放美國大聯盟隊伍和日本隊的比賽，主持人興奮地報告阪神隊贏了洋基隊。

她又「咦」了一聲。

大樹都不在了，為什麼他們還能若無其事地打棒球？為什麼世界還在繼續運轉？

突然間，大樹如洪水般湧入泉的腦中。嬰兒時期的大樹、握成拳頭的小手、奶香味、第一次走路、吵著要搭電車、張開缺牙的嘴巴大笑、背著黑色書包的背影、在書包裡喀噠作響的鉛筆盒、打電玩的時候半張的嘴巴、玩累了倒在沙發上睡覺、剛起床時睡眼惺忪的表情、被蚊子叮出腫包的細細雙腳、抱怨國中制服太大件、吃手捲壽司時鼓起的臉頰、詢問「我的巧克力蛋糕呢」的聲音。

大樹不在了。大樹死了。所有的大樹都從世上消失了。

騙人。騙人。騙人。不可能發生這麼可怕的事。一定是搞錯了。這不是真的。不，這是現實嗎？已經無法改變了嗎？

咦？無法改變嗎？泉重複著自己說過的話。漆黑的絕望吞噬了她。一道電流發出刺耳聲響在腦袋裡掠過。

那麼，沒有大樹的世界今後還是會繼續存在嗎？

心臟幾乎停止。她快要瘋了。

「怎麼辦？怎麼辦？怎麼辦？」

她念念有詞。

「我不要我不要我不要我不要我不要。」

事情已經無可挽回了。這個念頭頓時浮現，如同收到天啟。

她舉起握著遙控器的手，如慢動作一般。遙控器撞上電視，外殼脫落，飛上半空。雙手雙腳眼睛耳朵嘴巴，身體的各部分都脫離了她，失去控制。她狂抓頭髮，敲打大腿，不停跺腳，伸直身子，抬頭向上，緊閉的雙眼不斷流出眼淚。她本想叫大樹的名字，但尖叫聲卻令她聽不清楚。

回過神之後，她已經被人按住。她想要揮動手腳，卻動彈不得。

「泉！妳沒事吧！振作一點！」

「媽媽！媽媽！」

聲音聽起來好遙遠。她發現那是丈夫和沙良，視力頓時恢復。

丈夫正緊緊地抱住她。沙良站在丈夫的身後哭泣。沒有看到大樹。

我不行了……

一想到這裡，泉就昏了過去。

3

水野沙良從衣櫃裡拿出掛在衣架上的套裝。灰色條紋長褲套裝搭配淺粉紅色上衣。這是她為了大學開學典禮而新買的套裝。她拿著套裝在鏡子前比一比。在百貨公司試穿時明明很合適，如今卻覺得這種幹練的風格跟自己很不搭。

那個時候真好。想到這裡，沙良就嘆了一口氣。她覺得這聲嘆氣彷彿表現出她的任性，不禁有些罪惡感。

這件套裝是她在大學上榜的兩天後買的。她和媽媽一起去百貨公司，媽媽當時比她更興奮，她還記得媽媽說了好幾次「因為媽媽沒讀過大學嘛」。媽媽說「我買口紅給妳吧」，已經決定入學禮物要買蒂芬妮戒指的沙良回答「好啊」，媽媽又笑著解釋「這不是入學禮物喔」。化妝品專櫃純白明亮的燈光似乎突顯了她下巴的痘疤和鼻頭的粉刺，讓她有些退縮，媽媽卻踩著輕盈雀躍的腳步，愉快地說著「哪家的口紅比較好呢」。媽媽選了香奈兒的口紅，還喃喃說著「對了，媽媽年輕時也很嚮往香奈兒的口紅喔」。沙良有些訝異，她很難把不愛打扮的媽媽和香奈兒聯想在一起。沙良說「那就別買給我了，妳買給自己吧」，媽媽笑得更開懷了，回答「媽媽早就不把自己的事放在心上了」。

不知為何，沙良一想起媽媽當時那句話就覺得害怕。雖然媽媽當時很開心，她現在回想起來卻只覺得媽媽好像被什麼附身了。

不，不只是那一次，大樹考上高中的時候也是，提起買了「Clover」蛋糕的時候也是，一家四口圍著餐桌吃飯的時候也是。在沙良的印象中，媽媽的情緒一直都不太平衡，她彷彿消除了一切情緒，只能感受到喜悅。

說不定那是神賜給媽媽的最後幸福時光。

沙良把套裝掛回衣櫃，又嘆了一口氣。

她走到一樓，果然，廚房和客廳裡都看不到媽媽的身影。廚房沒有使用過的痕跡，很早就出門的爸爸一定又沒吃早餐了。

和室的紙門是關著的，但開了一小條縫隙。爸爸一定偷看過媽媽的狀況。

沙良把臉貼近門縫。房間底端放著白色靈桌，上面擺了大樹的遺照和骨灰罈，桌前有一團鼓起的棉被。

媽媽一天到晚都待在和室，不是坐在靈桌前發呆，就是躺著把棉被蓋住頭。

大樹已經死了十幾天。

一開始媽媽似乎無法理解大樹已經死去的事實。她只會對媒體和社會的批評有反應，腦袋好像完全不記得大樹死掉的事。

媽媽還記得自己在葬禮那天說了什麼嗎？

——我們一點錯都沒有！

——為什麼我們會遇到這種事？

——不應該發生這種事的！

如果不是媽媽在攝影機前說了那些話，事情早就過去了。沙良覺得媽媽那些話比大樹的行為更令大眾反感。

起初的那幾天，媽媽把所有精力都用來向世人宣告「大樹沒有錯」，除此以外的任何事都進不了她的腦袋。

事情在一週前有了轉變。當時沙良正在二樓的房間，突然傳來了前所未聞的尖銳聲響。直到聽見爸爸衝下樓的腳步聲，她才發覺如機械般的尖銳聲音是媽媽的尖叫。她跟著爸爸跑到客廳，看見媽媽像幼兒一樣揮著手腳哭叫，滿是淚水和鼻水的臉龐脹得通紅，好像隨時都會脹破，在哭聲之間還摻雜著「大樹！大樹！」的叫喊。

從那時起，媽媽一直把自己鎖在悲傷的牢籠。

今天也一樣，她不是哭喊著大樹的名字，就是過得像行屍走肉，心思不知飛到哪裡去了。

沙良換好衣服，打開冰箱，裡面有鄰鎮的奶奶拿來的熟菜，但她吃不下，也沒時間吃。她喝了一些昨天到期的牛奶，然後把剩下的牛奶倒在水槽裡。

「媽媽。」

她朝著門縫喊道，卻沒聽到回應。棉被和剛才看到的一樣鼓鼓的。她有點擔心，不知道媽媽如今是死是活。

「媽媽？」

沙良拉開紙門，走進和室。

她輕輕掀開棉被。

媽媽面朝沙良躺著，眼睛是睜開的，但表情像是視而不見。她眼皮浮腫，一頭亂髮蓋在臉上。看著一臉空虛的媽媽，沙良湧起一股情緒，這令她有些困惑。

「媽媽，還是吃點東西吧。冰箱裡有奶奶拿來的熟菜。」

媽媽的表情依然恍惚。

「我要去大學了，這幾天是新生訓練。如果有什麼事就打我的手機吧。」

沙良拉起棉被蓋好媽媽的上身，站了起來。離開和室之前，她聽到媽媽吸氣的聲音，似乎準備說話，所以轉過頭去。

「妳還有心情去啊？」

媽媽沒有看她，讓她懷疑是自己聽錯了。她真希望是自己聽錯了。

沙良默默地轉身，猶豫片刻之後，小聲地說「我要走了」，拉上紙門。

她想回應媽媽的話語都衝到嘴邊了。

媽媽，妳看不到我沒去參加大學的開學典禮嗎？妳看不到我沒穿新的套裝嗎？妳看不到我一次都沒用過香奈兒的口紅嗎？

她只想著自己的事，而且都是些小事。沙良覺得想對媽媽這樣頂嘴的自己真是可恥。

沙良意識到，媽媽不可能再買蒂芬妮戒指給她的事讓她有些失望。這失望既不大也不強烈，而是像輕盈的水泡一樣緩緩浮起，但是大樹才剛死十天，自己卻光想著這種事，真是太無情了。

親戚朋友常常說沙良很體貼，所以她也覺得自己應該比一般人更體貼，但她或許想錯了，體貼的人才不會在弟弟死後還滿腦子想著戒指的事，甚至會因為打擊太大而無法上學。

背起托特包的時候，她聽見了媽媽的哭聲。啊啊啊，啊啊啊啊！啊啊啊！啊！激烈到幾近尖叫。

媽媽每天會有好幾次突然痛哭，一邊叫著大樹的名字。她大概不是克制不住感情，而是完全放棄了克制感情。

沙良把關上的紙門拉開一條縫隙。

啊啊啊！啊啊啊啊！大樹！大樹！不要，我不要我不要我不要！啊啊！啊啊啊啊！

媽媽推開棉被，趴在地上，雙手握拳敲打墊被，雙腳不停揮動。她似乎被體內肆虐的感情所支配，理智和人格蕩然無存。沙良從來沒有看過成年人這麼情緒化地哭叫。

她的心簡直要涼透了。

漸漸變冷，漸漸下沉，漸漸清醒。全都加起來就是「涼透了」。

每次看到媽媽哭叫，沙良就會變得異常冷靜，如同被媽媽剝奪了悲傷的權利。

媽媽的腳底朝向沙良，那雙腳底又白又粗糙。她像小孩鬧脾氣一樣激烈揮動雙腳，但她捶打墊被的噗噗聲更讓人覺得脫力。

沙良覺得自己好像看著一個不熟悉的人。彷彿在逃避自己的無情，她拉上紙門，走向大門。

她稍微打開大門，往外窺視。外面沒有人。

媒體只包圍他們家三、四天左右。根據奶奶的說法，談話節目只有那幾天提起大樹，但沙良還是很怕隨時會有人找上門，緊張兮兮地覺得人們正從自家窗戶偷偷地窺探他們。

沙良低著頭，盯著自己的腳尖走路。她覺得自己的表現彷彿背叛了大樹，她沒有媽媽那種勇氣和熱忱，敢昂首大聲地說「那孩子沒有做壞事，我們一點錯都沒有」。這是因為她並不是真心感到悲傷嗎？這是因為她只在乎自己嗎？

她不了解自己現在的心情。

新生訓練結束後，沙良都快要累垮了。

可能因為一連幾個小時全神貫注，她的腦袋隱隱作痛，全身肌肉僵硬，因為太緊張，皮膚現在還有些發麻。

她擔心的事並沒有發生。

沒有人當面指責她的不是，沒有人指著她，也沒有聽見關於那件案子的事。她連竊竊私語都沒聽見，也沒感覺有人在看她。說是這樣說，但她也不是被人當成空氣。

沙良只不過是幾百位學生之中的一人。

她把拿到的資料塞進托特包，站了起來。

「我的學號很不吉利耶。」「怎麼說？」「你看嘛。56306，ころされろ（註1）。很不吉利吧？」「嘿，回家時要不要去吃蛋糕？」「明天的健康檢查會秤體重喔。」「第二外語要選什麼呢？」「社團招生拉人拉得好凶，真可怕。」

各式各樣的聲音傳入沙良的耳中。沒有一個人注意到她。

註1　ころされる（korosareru）意思是「被殺死」。

高中的班級裡只有沙良進了這所國立大學的教育系。她在班上有三個好朋友，但他們都去讀其他大學了。

眼睛看到的是不認識的臉孔，耳朵聽到的是不認識的聲音。

她彷彿進入了全新的世界。

沙良的心中湧起一種奇特的感覺：大樹真的死了嗎？大樹意外身亡、騷擾電話、媽媽沉浸在悲傷中，好像是另一個世界的事。

她不太確定大樹的死在社會上引起了多大的騷動，因為她刻意避開電視和網路，朋友的電話和郵件都是關心的話語。跑來葬禮的媒體、響個不停的電話、充斥在家中的悲傷和絕望，都只是在那半徑幾十公尺的小圈圈內發生的事，並沒有影響到這個世界。

看到圈圈之外的平靜世界，讓沙良有點想哭。

她走出大禮堂，拿出手機打電話回家。

鈴聲持續地響著，然後切換成電話答錄機。她叫道「媽媽」，還是沒人回應。媽媽此時或許還在靈桌前哭喊著大樹的名字。

「請問妳是不是前林一高的？」

背後有人問道。

沙良轉頭一看，那是個高䠷的女生。

「妳是二班的吧？」

她在沙良回答之前又問了一句。沙良見過這個女生，不是對她的臉有印象，而是對她像一根筆直木棒插在地上的挺拔站姿有印象。

「妳是三班的？」

沙良問道，那女生開心地回答「對啊」。她的氣質有點像男生，大概是因為剪了一頭俐落的短髮吧。

那女生說自己叫神崎乙女。她抓抓短髮，說「我長得這麼高，名字卻叫乙女，所以老是被笑」。

沙良很自然地跟她並肩走著，但還是懷著戒心。那女生為什麼要跟她攀談？只是因為她們高中同校嗎？還是想要打聽大樹的事呢？沙良猜不透神崎的用意，心中惴惴不安。今後每次有人找她說話，她都得這麼緊張、這樣充滿戒備嗎？這種情況要持續到何時？

「我們班上只有我進了這間大學的教育系。經濟系倒是有我的同學。我一個人有點不安，所以一看到妳就很想找妳說話。」

神崎不好意思地說道。

「我的班上也只有我進了教育系。有同學進了社會資訊系。」

這所大學有三個校區，經濟系和社會資訊系都在其他的校區。

「水野同學，妳第二外語要選什麼？」
「不知道耶，我沒有特別想讀的。」
「那要不要一起去修西班牙語？」
「咦？好像很難……」
「聽說學分很好拿喔，老師人很好，而且很幽默。這是我哥哥說的。」
「妳哥哥也是這所大學的？」
「嗯，他讀的是理工。」
「理工是在其他校區吧。」
沙良驚覺自己在回答時很自然地露出笑容，幾乎被罪惡感淹沒。
「水野同學，妳等一下有空嗎？」
「怎麼了？」
「妳若不嫌棄，要不要一起去喝個茶？」
「嗯。」沙良不加思索地回答，接著又說「啊，抱歉」。
她想起了躺在靈桌前的媽媽。失焦的眼睛，紅腫的眼皮，蓋在臉上的亂髮。
「妳還有事嗎？」
「嗯。」沙良回答，猶豫了一下才說「我媽媽……最近身體不太好」。
「喔喔，真令人擔心呢。那妳還是早點回家吧。」

神崎一臉認真地鼓勵沙良。

沙良發現神崎沒有堅持挽留令她有些失望。

神崎似乎不知道她就是被誤認為殺人犯而發生車禍死去的少年的姊姊，也不知道他們受到媒體和世人的批評、接到一大堆騷擾電話，是那個半徑幾十公尺的小圈圈外面的人。沙良很想跟什麼都不知道的神崎多聊聊，像是第二外語的事、社團的事、修課的事、高中時代的事、今後的事。聊什麼都行，她只是想繼續待在那半徑幾十公尺的小圈圈之外，聊些無關緊要的事。

媽媽的身影浮現在沙良的腦海，彷彿在責備她這種行為。

星期日下午，沙良在家附近的超市買完東西後，忽然覺得腳步沉重。她意識到自己不想回家。

爸爸今天也去工作了。她明白爸爸是因為喪假之後累積了很多工作，但又忍不住懷疑他只是想找藉口從媽媽的身邊逃離。

爸爸出門前跟沙良說了一句「拜託妳了」。沙良發出「咦？」的一聲，爸爸又補充說「媽媽就拜託妳了」。這時媽媽的哭聲從紙門裡傳了出來。沙良真想問「那爸爸呢？」，但又覺得她一開口就會忍不住逼問爸爸「你要全都推給我嗎？」、「我又能怎樣？」，所以最後還是什麼都沒說。

大樹過世至今半個月。可以說「才半個月」，也可以說「已經半個月了」。那一晚大樹為什麼會跑出去呢？他去哪裡了？沙良漸漸不再思考這些問題，反正她再怎麼想，也只想得到「心血來潮」這種無關緊要的答案。

兩位女孩站在她家外面。

她們似乎是國中生或高中生。沙良頓時以為她們是來找大樹的，卻又立刻想起大樹已經不在了。她的大腦或許還沒完全接受大樹已死的事。

比較矮的女孩如服喪似地穿得一身黑，手上捧著以白色為主的花束。另一個女孩戴眼鏡、穿灰色外套和深藍色裙子。她們不知所措地面面相覷，大概是按了門鈴卻得不到回應。

「妳們是大樹的朋友嗎？」

兩人轉過頭來，沙良覺得她們有點眼熟。

「我們和大樹是同一所學校的，但是不同班。」

回答的是戴眼鏡的女孩，黑衣女孩一臉悲傷地頻頻眨眼。

沙良想起來了，她們來參加過葬禮，就是攀在棺材上哭叫的女孩，以及在一旁安慰她的女孩。

「妳們參加過大樹的葬禮吧？」

「是的，明天是高中的開學典禮，我們想先來給大樹上個香。」

戴眼鏡的女孩神情緊張，嚴肅地說道。這話應該是她事先想好的。

「謝謝。」沙良向她們道謝，卻不知道該怎麼辦。媽媽一直把自己關在和室。她去買東西之前偷看了一下，媽媽正駝著背坐在靈桌前。她可以讓媽媽見這些女孩嗎？一想到這個問題，沙良立刻做出「當然不可以」的結論。

「我媽媽最近身體不太好，我先去看看她的情況。請妳們等一下。」

沙良對女孩們說道，然後走進家中。

她拉開和室紙門，發現媽媽仍以相同的姿勢坐在靈桌前。

「媽媽，有兩個女孩說要來給大樹上香，要怎麼辦？她們有來過大樹的葬禮。」

媽媽猛然轉身，瞪大的眼睛裡充滿了活力。

「鞠香？」

「啊？」

「是鞠香吧？」

沙良此時才聽懂媽媽說的「鞠香」是人名，同時想起葬禮上的事。對了，那個攀在棺材上哭叫的女孩好像是叫「鞠香」。沒想到媽媽記得她的名字。

「嗯，應該是吧。」

「那女孩來了？」

媽媽立刻站起來，彷彿一直在等她。

兩位女孩做了自我介紹，黑衣女孩是瀧岡鞠香，眼鏡女孩是村井由樹。她們跪坐在靈桌前，動作僵硬地點香、合掌膜拜。媽媽哭著注視她們兩人，但沙良卻覺得這兩位嚴肅合掌的少女好像不是真實的，而是電視劇裡的一幕。

媽媽請她們兩人在沙發坐下，然後去泡紅茶。沙良好久沒有看到媽媽站在廚房裡，感覺像是和媽媽分離已久又再度相見。

沙良不知道應該回房間，還是應該加入她們的對話，最後決定坐在離她們稍遠的餐桌邊。

「鞠香，謝謝妳。」

媽媽把紅茶端給她們兩人，一邊說道。

為什麼媽媽只向鞠香道謝呢？鞠香也露出不知所措的表情。

「妳在電視上說了大樹的事，對吧？」

「喔，是啊。」

「妳說大樹是很好的人，還說他聰明認真又體貼，真的很感謝妳。」

媽媽說著就哽咽了，好像又快哭了。

不過鞠香的動作更快，她雙手摀臉，哇的一聲哭了出來。沙良驚愕地看著她。

啊啊！啊！大樹，大樹！啊啊！啊啊啊！那稚嫩高亢的哭喊敲擊著沙良的耳膜，她想起這女孩在葬禮上也是這樣哭叫的。她的聲音和媽媽不一樣，但兩人的哭法很相似。

媽媽驚訝地注視著鞠香。戴眼鏡的由樹只是默默地看著她，似乎已經習慣了。

「我……和大樹……」

鞠香仍摀著臉，在哭聲之間斷斷續續地擠出聲音說。

「……我和大樹……交往過！」

說到這裡，她又哇地放聲大哭。

沙良覺得自己的心中同時存在驚訝和冷靜兩種感情。大樹和女生交往過令她很驚訝，但又像是看到媽媽哭叫的時候莫名冷靜。她不知道應該更重視哪一種感情。

鞠香一直哭個不停，媽媽也跟著哭了。由樹一邊叫著「鞠香，鞠香」一邊拍著她的背。

沙良覺得自己像是從窗外偷窺別人的家。

「我一直沒說出和大樹交往過的事。對不起。」

哭泣的鞠香一邊用衛生紙擦淚一邊說道。

「……從什麼時候開始的？」

媽媽愕然地問道。

「大概半年前。是大樹先向我告白的，還請我跟他交往。可是我們還得準備考高中，所以我們商量之後決定考上高中前先向大家保密。至今一直隱瞞這件事真的很抱歉。」

媽媽嘴巴半張，注視著低頭道歉的鞠香。

「我也不知道這件事。你們還真的沒有告訴任何人。」

由樹附和似地插嘴說道。

「可是……」鞠香抬起頭，緊張地說。「我們之間沒有任何不當的行為，只是一起說說話，一起看書……」

說完之後她又低下頭去。

原來大樹和這個女孩交往過？沙良無法想像他們兩人在一起的模樣，因為大樹好像對女生沒什麼興趣，沙良一直覺得他還是個小孩。

沙良自認和弟弟關係很好，雖然小學的時候會為一些無聊的小事吵架，但她升上國中之後覺得小自己三歲的弟弟還很幼小，雖然講話囂張，卻像狂吠的小狗一樣可愛。在沙良的眼中，大樹至今依然像隻可愛的小狗。

她突然覺得，自己或許一點都不了解大樹。她自認和弟弟關係很好只是因為兩人很少吵架，事實上大樹從來不會找她商量事情，也沒跟她分享過祕密。大樹從不主動談論自己的事，別人問話他會回答，但回答得很籠統。沙良本來覺得他只是沒事需要特地報告，或許是她想錯了。

鞠香抬起頭來。

「那個……我會一直喜歡大樹的。我絕對不會忘了大樹。」

她宣誓般地說完，又用雙手摀著臉大哭。

4

大樹和女生交往過……

這出人意料的事實令泉大受震撼。

她從沒想過這件事。大樹明明還是個孩子，他對異性明明沒什麼興趣，也沒有表現過類似的行為。

鞠香說，他們決定向大家保密。

所謂的「大家」也包括她這個母親嗎？她咬牙切齒地想著，突然覺得心中珍惜的事物變得模糊不清，令她深感無力。

大樹。她在心中叫道。大樹，大樹，大樹……

光是這樣還不夠，她直接叫出聲來。

「大樹，大樹，大樹……」

實際發出的聲音漸漸變得比心底的呼叫更激烈。

「大樹！」

笑著回頭說「什麼？」的大樹。苦笑著說「很煩耶」的大樹。大樹的這些表情她熟悉到不用特地去想就會自動浮上心頭。

原來我不是真的了解大樹。泉現在才意識到這個理所當然的事實。

在學校裡的大樹。和朋友在一起的大樹。在自己房裡的大樹。大樹的這些面貌泉只能想像，但她從來沒懷疑過自己想像的大樹和真實的大樹是不一樣的人。

或許是她誤會了。

一個喀嚓聲浮現在她的耳中。

她想起了一直被擠到記憶之外、那一晚聽見的聲音。

當她喝完熱牛奶，正要走出客廳時，聽到了像是有什麼打開的喀嚓聲，還有躡手躡腳的腳步聲。

那可能是大樹。

她想像著大樹在黑夜裡解開腳踏車的鎖，躡手躡腳走出家門的情景。

對，那一定是大樹。一想到這裡，她再也沒辦法想像其他的可能性了。除了解開腳踏車鎖的喀嚓聲以外，她的記憶裡還添加了大樹的呼吸聲。

為什麼大樹要偷偷摸摸地跑出去呢？為什麼他不跟她說一聲「我要出去散散心」呢？

她也很清楚，這是因為大樹知道媽媽會阻止他，說「這麼晚了，不可以出門」。

真的是這樣嗎？

泉的腦袋漸漸發麻。

她還記得當時是十點十分。

聽說大樹出事的時間是凌晨兩點左右。

在那四個小時內，大樹做了什麼？

他會只為了散心而騎了四個小時的腳踏車嗎？

泉望向靈桌上的遺照。

大樹的臉上帶著稚氣猶存的笑容。每次看到這張照片，她都覺得大樹在看她，此時卻覺得他若有似無地移開了目光。

「大樹？」

即使泉開口叫他，他還是沒有正視她。

「那天晚上發生了什麼事？」

泉的心中第一次出現這個疑問。

為什麼大樹會偷溜出門？他在那四個小時內做了什麼？為什麼他一看到警車就逃走？

——向大家保密。

鞠香的聲音再次響起。

那天指著十點十分的時鐘如今正指著十二點七分。

泉至今還沒去過大樹發生意外的現場。

泉走在深夜的街道上。

住宅區寂靜無聲，前方大馬路的紅燈像路標一樣發出光芒。她來到大馬路，朝著火車站走去。連鎖拉麵店、便當店、炸豬排店、鰻魚店，每間店的招牌都是暗的，寬敞的停車場裡一輛車都沒有。

泉心想，大樹一定也看過這個景象。她想要相信，大樹那一晚走的路線就是她現在走的路徑，她告訴自己，因為她是母親，身為母親當然可以靠本能、直覺、靈魂察覺到孩子的情況。

雖然不覺得冷，她卻忍不住發抖，冒出雞皮疙瘩。迎面吹來的風吹亂了泉的頭髮。騎著腳踏車的大樹一定也吹過這風。

她從高架道路下方經過，來到火車站北側，在第二個紅綠燈無意識地右轉，彷彿是大樹在引導著她。

泉停下腳步。眼前是融入夜色的狹小的蛋糕店，Clover。

——我的巧克力蛋糕呢？

大樹的聲音在她的腦海中迴盪。

電流如閃電般掠過她的腦內，幾乎殺死她的腦細胞，讓她變得不再像自己。唔唔唔唔唔～。泉的口中發出如野獸般的低鳴。

她再也聽不到大樹的聲音了，再也不能買巧克力蛋糕給他吃了，再也不能慶祝他的生日了，再也看不到他的笑容或睡臉了。

泉記憶中的大樹就是大樹的一切，今後她不會再有關於大樹的新記憶。如果想見到大樹，她只能回溯過往。

她心想，我一輩子都無法向前走了。為了見到大樹，她只能永遠活在過去。記憶會不會逐漸消磨呢？會不會漸漸淡化呢？會不會消失呢？如果她已經挖遍記憶的每個角落，卻還是渴望見到新的大樹，那她該怎麼辦呢？

她糾結到心臟快要停止，腦袋幾乎陷入瘋狂，但心臟依然正常跳動，頭腦也依然正常運作。生理機能依然保持正常，令她覺得很殘酷。她不明白自己每天都想死，為什麼還是活到現在。她大可用菜刀割斷咽喉，大可用繩子吊死自己，大可跳下高樓。想尋死很簡單，為什麼我還不去死呢？

「大樹，大樹，大樹。」

泉一邊呼喊著兒子，一邊往前走。湧出眼眶的淚水是熱的，但流下臉頰時漸漸變冷，最後流到下巴，落到地上。

每當有車子經過大馬路，隨後就會降下深沉的寂靜。泉走在人行道上，經過光線刺眼的便利商店，過了馬路，走出靜謐的商店街，市區道路的兩旁悄悄地佇立著銀行、信用金庫、超市、咖啡廳。

大樹發生意外的地點就在藥店前的岔路。他的腳踏車撞上了停在空地的卡車。

這地方現在沒有卡車，只供奉著一些花束。

泉蹲了下來。地上有五束花束。

這是誰拿來的呢？在我沒看到的地方，有我不知道的人為大樹獻上了花束。他們在我沒看到的地方，和我不熟悉的大樹建立了關係。

——你們家兒子是內衣賊吧？

突然浮現在腦海的這句話令泉心跳加速。

她過了一陣子才想起，這是錄在電話答錄機裡的聲音。

——他那天晚上一定也是要出去偷內衣，所以才會看到警察就逃走。真下流！

那是中年女人的聲音。

腦袋瞬間冷卻，空氣從體內溜走。如真空般的體內湧出了恐懼和憤怒。她不是對那聲音感到憤怒，而是對自己感到憤怒。

為什麼我現在會想起那件事？

為什麼我的腦海會浮現這句話？

泉突然驚覺好像有人在窺視她的腦袋，猛然回頭，卻只看到瀰漫在路燈稀少的道路前方的深深夜色。

5

大樹房間裡的大樹味道漸漸變淡了。

他從小學一年級開始使用的書桌、放在書桌上的筆筒和字典、升國中時新買的床、中央稍微凹陷的枕頭，所有東西像是忘了原本的主人，冷漠地待在原位。

泉輕輕撫摸書桌。大樹曾經坐在這張桌前幾百次、幾千次。摸起來又冷又硬，感覺不出和大樹有任何聯繫。

她打開最上層抽屜，裡面放著幾本筆記本和文具。筆記本都是用過的，英文兩本，數學、歷史、地理各一本。她照順序翻開來看，但裡面沒有任何她想知道的事。

劍道社顧問老師剛剛來上過香。

那位五十多歲的老師很感慨地說，他不是學校教職員，而是外聘的教練，所以去年夏天國三學生退社之後他就沒見過大樹了。

泉問他「大樹退社之後沒有再去過社團活動嗎？」，老師回答「是啊」。她又問「從去年夏天到現在，一次都沒參加過？」，老師的回答還是一樣。

不可能的。

大樹退社之後還是會去社團，他連畢業之後都繼續參加夜練。

——今天也要去練習，會晚點回來。

泉想起了一個月前的對話。

當她詢問「畢業之後還可以一直去社團嗎？」……

——可以啊，大家都很歡迎我。

大樹如此回答。

他還有好幾次是超過晚上九點才回家。

——抱歉，抱歉，練習拖得太晚了。

大樹明明是這麼跟她說的，他竟然沒有去社團？

泉翻了每個抽屜，什麼都沒有找到。

原本放在抽屜裡的東西全都散落在藍色地毯上，有筆記本、文件夾、自動鉛筆、剪刀等等。

她不知道自己在找什麼，不知道自己找到什麼才會滿意，也不知道自己是否更害怕真的找到什麼。她懷著自己都不懂的心思走向書櫃。

櫃上放著國中三年所有科目的課本和參考書。她一本一本拿出來翻。什麼都沒有。漢字練習簿、英文單字練習簿、日本地圖、世界地圖。什麼都沒有。科學圖鑑、小說、漫畫、填字遊戲。什麼都沒有。

泉開始擔心，這樣正常嗎？這是不是太健全了？她找不到孩子不想讓父母看到的東西，譬如色情雜誌或寫真集之類的。這是十五歲男孩的房間嗎？是不是太完美了？大樹沒有藏任何東西，反而令她覺得隱瞞了什麼。

泉的腦袋裡響起兩個聲音。

——向大家保密。

——你們家兒子是內衣賊吧？

泉拾起其中一個聲音，把另一個聲音拋諸腦後。

是啊，大樹確實對她有所隱瞞。就是鞠香的事。大樹隱瞞了自己和女生交往的事。

她突然想到，大樹應該是去見鞠香吧。她只想得到這個可能性。

為什麼她一直沒想到呢？他們是從半年前開始交往的，時期也很符合。大樹說要參加社團活動的時候，一定是去找鞠香。這就像是十五歲男孩會說的謊話。

「媽媽？」

後面傳來聲音，令泉回過神來。

自己正在找尋的東西、自己害怕的東西、自己也搞不懂的東西。泉下意識地覺得不能讓沙良發現這些事。

「妳在做什麼？在找東西嗎？要我幫忙嗎？」

沙良走進了房間。

「不要進來！」

泉往沙良衝過去。她在心中大喊「不可以！」，雙手卻無法自制地推向沙良的肩膀。

這一推比泉想得更用力，差點跌倒的沙良露出驚愕的表情，她雙眼圓睜，說著「媽媽？」。

「妳真幸福啊，因為妳還活著，還可以若無其事地去大學上課，和朋友一起開心地玩樂。今後妳也能隨心所欲地生活，忘了大樹，只顧著自己快樂地過日子就好了。」

泉這番話是說給失去大樹卻不以為意地繼續活著的自己聽的。

沙良眼睛睜大，嘴巴半張，什麼都說不出來。那表情像是看到無法理解的事物，接著悲傷在她的眼中漸漸暈開。

不可以再讓女兒難過了。不可以再傷害女兒了。泉明明這麼想，卻壓抑不住洶湧的感情。她不知道自己會說出什麼，還是放任嘴巴自己動起來。

「別裝出那種臉！悲傷的是媽媽吧！妳根本一點都不悲傷！」

她阻止不了自己的尖叫。

「給我滾出去！」

泉用力關上房門，然後她全身虛脫，趴在地上放聲大哭。

「凶手還是沒抓到。」

瀧岡鞠香皺起眉頭，無力地喃喃說道。

「最近沒有人發現凶手的蹤跡，新聞也不再提這件案子了，我越來越擔心是不是永遠都抓不到凶手。那人都已經逃亡一個月了。」

「就是說啊。」泉口中附和，但是逃走的殺人犯有沒有被抓到、會不會有新的受害者，還會有多少人被殺，她根本不在乎。

鞠香的背後傳來大笑的聲音，那是一群高中男生。傍晚的漢堡店裡到處都是穿著制服的高中生。這是鞠香指定的地點，因為離高中很近。

鞠香的高中不是大樹本來要上的高中。大樹考上的學校是前林市最高分的學校，相較之下鞠香的學校就很普通了。

泉心想，為什麼這些人活著呢？優秀的大樹死了，這些乏善可陳的孩子卻都活得好好的，為什麼會這樣？

「有人說那個姓林的嫌犯被人窩藏著，或是躲到東京了。這麼多天都沒人發現他的行蹤，實在太奇怪了。如果一直抓不到人該怎麼辦啊？」

鞠香不知為何很煩惱。

「妳這麼在意那個凶手嗎？」

泉的語氣隱含著責備的意味，像是在說那個殺人犯的事一點都不重要。

「當然啊。」

鞠香用雙手握住奶昔的杯子，探出上身。

「因為大樹是被那個姓林的連續殺人犯害死的啊。如果他沒有逃走，或許大樹到現在還活著。大樹都是被那個連續殺人犯害死的，我絕對不會原諒他。他害死了大樹，卻沒有受到任何懲罰，這怎麼說得過去！」

鞠香越說越激動，說到最後簡直像是在尖叫。

店裡喧譁的聲音消失了，泉意識到人們的目光。鞠香背後的高中男生也轉頭看著這邊。

鞠香用手指抹淚，說「對不起」，低下頭去。她的淚水流個不停，還拿出手帕擤鼻涕。

泉的眼中也湧出了淚水。

這女孩竟然如此深愛著大樹，她為大樹的死悲憤不已。對這個女孩來說，大樹的死並不是過去的事。

泉又想起了葬禮上的事。

——不該發生這種事的！為什麼大樹會死呢！

她當時攀在棺材上這樣大喊，那也是泉心底的聲音。談話節目那次也是，鞠香再次幫泉說出了心底的話。

泉好像可以理解大樹為什麼會喜歡這女孩了，他一定覺得這女孩能貼近他的心吧。

鞠香好不容易停止哭泣，抬起頭說「對不起」。她的眼睛和鼻頭都紅了，睫毛還沾著淚水。她把齊肩短髮撥到耳後，直視著泉說：

「對了，您說有事要問我，是什麼事呢？」

她直截了當的詢問讓泉有些驚愕。泉是為了打聽大樹的事才約鞠香出來。她的心中湧出了不安和恐懼，但她決心要把事情搞清楚。

「我想問大樹的事。」

泉的聲音有些顫抖。

「妳晚上會和大樹見面，對吧？」

「晚上？」鞠香露出訝異的表情。

「不是很晚的時間，大概是晚上八、九點。」

鞠香沒有回答，而是把她的豐唇抿起，像是在思考。

「那是大樹退出社團之後的事，所以應該是國三的夏天之後。妳和大樹放學後會見面吧？」

鞠香沉默了很久，才回答「沒有」，似乎是有所隱瞞。

「我不是要責怪妳。拜託妳，能不能告訴我真話？大樹晚上會和妳見面吧？」

「為什麼這樣問？」

「大樹退出社團之後，還是經常說要去參加社團的練習，連畢業之後都說過要參加夜練，但他並沒有真的去社團。我只是想知道大樹為什麼說謊，他出門到底是去做什麼。拜託妳告訴我，大樹是去見妳的吧？」

泉握住鞠香的手，懇求地叫著「鞠香！」。

「……偶爾啦。」

鞠香小聲地回答。

大樹果然是去見鞠香的。泉感到一陣安心。國三男生謊稱參加社團活動，其實跑去跟女孩約會，這也是很正常的。

「因為我和大樹不同班，又是偷偷交往，只有放學後才能在一起。可是我們不會待到晚上八、九點，我家的門限是六點半，最晚六點就要回家。」

泉的安心一下子就被打碎了。

「那畢業之後呢？你們晚上會見面吧？」

「畢業之後我們一次都沒見過，因為我一直待在奶奶家。」

「真的嗎？妳仔細想想看。」

泉不斷逼近，鞠香則是逃避似地頻頻後退。泉發現自己仍抓著鞠香的手，就說「對不起」，把手放開。

大樹沒有去找鞠香。可是他畢業之後幾乎每天都說要去夜練。

——練習拖得太晚了。

——學弟找我商量事情。

大樹說這些話的語氣很正常，沒有半點心虛。

他的房間也一樣，無論是書桌抽屜、書櫃、壁櫥、床墊下，完全沒有任何見不得人的東西。

大樹就是這樣的人。他是體貼乖巧又優秀、無可挑剔的十五歲兒子。

可是，泉現在卻覺得，他沒有任何見不得人的東西，只是為了隱瞞母親想像不到的某些事而故意製造的假象。

「那大樹是去做什麼的？他謊稱參加社團活動是跑去哪裡、做了什麼？妳應該知道吧？」

鞠香垂下眼簾，迴避泉的目光。她的眼睛眨個不停，一副逃避的樣子，豐厚的嘴唇緊緊閉著。泉一眼就能看出她的遲疑。

「鞠香！」

「大樹說過不想待在家裡。大概是這樣才會謊稱要去社團。」

鞠香低著頭，一口氣說完。

不想待在家裡……

泉隔了幾秒鐘才聽到這句話。

不想待在家裡……？

這次是她自己的聲音。

她喃喃地說著「怎麼會」。

「怎麼會……不可能有這種事……那孩子每天都很期待晚餐時間呢。他最喜歡手捲壽司，如果晚餐出現手捲壽司，他就會問『有什麼值得慶祝的事嗎？』。那孩子愛吃魚勝過吃肉，看到照燒鰤魚或炸魚排都會開心得歡呼。他就是這麼天真。」

如此天真的大樹怎麼可能會不想待在家裡？

「為什麼？」她喃喃說著，像是呼出最後一口氣。「為什麼大樹不想待在家裡？他對家裡有什麼不滿？大樹跟妳說過什麼嗎？」

「……他說，很拘束。」

鞠香的聲音細若蚊鳴，泉卻覺得這句話清晰到像是直接灌入耳朵。

她反覆地念著「很拘束」。

大樹的臉孔浮上心頭。喊著「糟糕！睡過頭了！」衝進廚房的大樹、問著「我的巧克力蛋糕呢？」的大樹、說著「我要去夜練了」而出門的大樹、吵著要買手機當作高中入學禮物的大樹。每一幕的大樹表情都很柔和，就算沒有笑，皮膚底下彷彿也隱含著笑意。

可是大樹竟然不想待在家裡？

讓他覺得家裡很拘束的人是我嗎？我做錯什麼了嗎？是我害死大樹的嗎？

大樹是怎麼說我的？泉很想問這個問題，但又害怕聽到的答案會徹底顛覆她過去的認知，所以就不敢問了。

「那他說去社團，到底是去了哪裡？」

「他會去圖書館或公園打發時間，再不然就是騎腳踏車到很遠的地方。」

家裡真的讓他這麼拘束嗎？就連待在自己的房間都覺得難受嗎？對大樹來說，這房子和家人都讓人感到壓力嗎？

「所以我覺得他那晚也是出去散心的。」

鞠香囁嚅地說道。

散心。泉默默地複誦著這個詞彙。鞠香在談話節目裡也提過這個詞彙。她說過，大樹只是出門散散心，這樣又有什麼不對的。泉再次默念「散心」一詞。那句話本來讓她感到安慰，如今卻變成了截然不同的含意。

解開腳踏車鎖的喀嚓聲。

是我太煩人了嗎？是我說的話、我的表情、我的態度帶給大樹壓力了嗎？所以他那一晚才會悄悄地溜出門？或許是我造成的。或許是我害死大樹的。

和鞠香分離之後，泉赫然停下腳步。她發現自己很自然地準備回家。那個家。讓大樹覺得拘束的那個家。讓他需要出去散心的家。我非得回到那個家不可嗎？

「水野太太？」

一個迎面走來的女人拉住泉的手。

「妳的臉色好難看。怎麼了？沒事吧？」

那女人盯著泉看。

又小又圓的眼睛，尖尖的下巴。這張臉很眼熟，但泉想不起來她是誰。

「我一直很擔心妳呢。我明明送了花，妳卻沒有來道謝，所以我知道妳一定很煎熬。這也是應該的，我可以理解妳的心情。我母親半年前剛過世，我那時也好難過，簡直都要瘋了。不過，大家都有自己的痛苦，活在世上本來就不容易，痛苦的時候更該展露笑容。我到現在還很難過，但我還是努力地露出笑容。妳也要快點恢復精神喔。」

她一邊說，一邊用力地上下搖晃泉的手。她的手上戴著很大的寶石戒指。泉想起來了。她就是那個女人。那個不照顧孩子、只顧著跑美甲沙龍、美容中心的女人。她幾年前已經搬走了，難道她是回來報復我的？

泉突然想到：其實我很羨慕她吧？

其實我也想打扮得像她一樣吧？其實我也想去美容中心和美甲沙龍吧？其實我也想把時間和金錢花在自己身上而不是孩子身上吧？可是因為我有孩子，所以只能忍耐。或許我在心底深處覺得孩子很礙事。或許是我的邪念害死了大樹。

「別老是一臉悲傷，妳還有丈夫和女兒呢。如果妳不振作起來，那妳的丈夫和女兒不是很可憐嗎？妳是妻子，又是母親，就算難過也要努力挺過去喔。」

因為我做得不好，因為我是個壞媽媽，因為我其實並不愛孩子。一切都是我的錯。我一直相信自己是個好母親，結果並不是這樣。一想到這裡，泉就覺得自己再次失去了大樹。

6

水野沙良把提拉米蘇和起司蛋糕夾到盤子裡，接著突然停止動作。她看見了甜點區的巧克力蛋糕……

——我的巧克力蛋糕呢？

大樹的聲音清晰地浮現在她的腦海。

那天晚上是他們一家四口最後一次一起吃晚餐。為了慶祝沙良和大樹上榜，桌上準備了手捲壽司、千層麵，還有「Clover」的蛋糕。大樹在飯後吃了巧克力蛋糕，然後回去二樓的房間看書。她忘不了大樹天真地笑著說「真好吃」的表情。

「幹麼這麼糾結啊？這裡是吃到飽餐廳，沒必要煩惱吧？」

神崎乙女戳戳沙良的肩膀，她才回過神來。

「不要說吃到飽啦，應該說buffet。至少也該說自助餐。」

沙良故意裝出開朗的模樣，以免被人發現藏在她心中的大樹。最近她常常在假日和乙女一同出遊。

「我英文不好，不太會念那個字。」

「妳念念看嘛。」

「芭黑。」

兩人一起笑了出來，但沙良的胸中立刻被深深的罪惡感染黑。

——和朋友一起開心地玩樂。

媽媽這樣批評過沙良。

——忘了大樹，只顧著自己快樂地過日子就好了。

我會的。

沙良如此回答。

我會和朋友一起開心地玩樂的。我會快樂地過日子的。

這不是她的真心話。證據就是罪惡感不斷地在她的心中擴大。

可是我和媽媽不一樣。我總有一天能由衷地露出笑容，總有一天能夠毫不自責地感到快樂和幸福。

沙良忍不住厭惡自己的這種想法，但她更厭惡和媽媽待在一起，因為那樣會讓她意識到自己不是由衷為大樹的死感到悲傷，會讓她被罪惡感折磨得心痛難耐。所以她再也不想和媽媽待在一起了。

沙良知道這只是藉口，其實她是覺得和媽媽待在一起會讓她失去幸福快樂的權利。

昨天沙良搬出去了，她要暫時住在奶奶家。

她沒有拿巧克力蛋糕就回到座位。

新開幕的飯店酒吧裡坐滿了享用甜點吧的客人，這些客人多半是笑得很開心的女性，沙良覺得自己也包括在其中真是不可思議。只要離開媽媽的身邊，她就能踏進半徑幾十公尺的圈圈外面的平靜世界。

「妳只拿了兩個嗎？」

如此說著的乙女自己拿了兩盤，一盤裝的是蛋糕，另一盤裝滿了義大利麵和三明治。

「我不知道要怎麼選，所以只拿了兩個。」

沙良隨便找了個理由，其實她是因為看到巧克力蛋糕而沒了食欲。

「如果我不知道要怎麼選就會全部都拿。」
「妳是吃不胖的體質吧？真羨慕。」
「父母給我的資產也只有這個了。」
乙女笑著說道，然後她突然想起某事，換了個語氣說：
「嘿，妳知道西班牙文課有個叫大山的男生嗎？」
沙良歪起腦袋，她對這個名字沒有印象。
「不記得嗎？就是經常坐在最前面，穿格子襯衫的那個。」
「有點胖胖的？」
「對對對。聽說他被抓了，因為偷內衣。」
「咦？」
「聽說他還做了其他壞事喔。真蠢，一定會被退學的。」
「他看起來明明很乖耶。」
「這種人才危險呢，都不知道私底下會做出什麼事。」
沙良思索著，出現在自己家附近的內衣賊和可疑人物也是大山嗎？她還記得最後一次全家一起吃飯時聊過這個話題。
明天是大樹過世一個月。
最近好像沒人看見在逃的林龍一嫌犯，新聞和談話節目也漸漸不提這件事了。

連續殺人犯都已經在人們的記憶中淡化了，更何況是被誤認為殺人犯而死去的少年，大家一定早就把大樹忘了。

沙良突然覺得眼睛一熱，有點慌張。淚水瞬間包覆了眼球，好像眨眨眼就會滴下來。

「不好意思，睫毛掉到眼裡了。」

她急忙衝去洗手間。

一進入隔間，淚水立刻滑落。她擦擦眼淚，抬頭向上，一再深呼吸，想讓上湧的淚水流回眼底。

沙良突然意識到，自己正單純地為大樹的死感到悲傷。

她胸口顫動，急促喘息，又有淚水流出來。從自己體內溢出的喘息和淚水彷彿都是悲傷凝聚而成的。

在這一刻，沙良覺得大樹的死降臨到現實世界。彷彿在向她強調，今後她要生活的世界就是大樹已經死去的世界。她想像自己活在沒有大樹的世界時並沒有感到罪惡或心虛，只是為了大樹已經不在而感到悲傷，她真心地思念大樹，好想見到大樹。

沙良走出隔間，看著鏡子，發現自己的眼睛有點紅，用睫毛掉進眼中的理由大概還能敷衍過去。她吁了一口氣，正想回去時，無意望向旁邊的鏡子。有一位戴眼鏡的女孩正在塗脣膏。
「由樹？」
這女孩就是上次和鞠香來給大樹上香的村井由樹。
由樹「啊」了一聲，向沙良點頭示意。
「上次真是謝謝妳。妳今天也是和鞠香一起出來嗎？」
「不是，我是和媽媽、姊姊一起出來的。」
由樹回答時神態有些不自然。
「這樣啊。請幫我向鞠香問好，說我很謝謝她。」
沙良正想道別，由樹卻突然叫了一聲「那個」。沙良注視著她，看見她露出下定決心的表情。
「我應該不會再跟鞠香說話了。」
「咦？」
「我和鞠香已經不是朋友了。」
「為什麼？」
由樹欲言又止。沙良問「和大樹有關嗎？」，她才點點頭。
「鞠香一進高中，就到處宣傳她和被誤認為連續殺人犯而死去的男孩交往過。她一副很自豪的態度……說自己接受了媒體採訪，上了電視，還說她有錄下來，問人要不要看。我叫她別這樣，但她根本不聽我的勸告。後來她又改口說她沒有和大樹交往過，是大樹單戀她。最近她還和班上的男生開始交往了。」

由樹越講越快，臉也越來越紅，似乎很生氣。

「我是國三才轉學進來的，因為鞠香主動找我說話，所以我們才會熟起來。我當時覺得她很貼心，現在想想，或許她只是沒有朋友才會找我說話吧。我早就知道她喜歡引人注目，但她這次實在太過分了，竟然利用已死的水野同學來吸引大家注意……她還說自己會去陪水野同學的媽媽商量事情。最近我聽其他同學說，鞠香有病態的說謊癖，所以在學校裡沒有同學想理她。她真的跟水野同學交往過嗎……現在想想，那些或許全是謊言。她那麼喜歡引人注目，如果她真的和水野同學交往一定會到處宣傳，不可能瞞著大家的。」

沙良不知道該怎麼面對由樹說的話，她一方面覺得「怎麼會呢」，另一方面卻又覺得合理。

她想起鞠香攀在棺材上痛哭的模樣。鞠香說「我和大樹交往過」之後放聲大哭的模樣。她那句「向大家保密」。她哭喊著「啊啊啊！啊啊！大樹！」的聲音。

那些要說是演戲確實很像演戲，要說是真心的也像是真心的。沙良不知該如何判斷。

——姊姊，妳覺得這牛仔褲的褲管要怎麼折比較好？

——提拉米蘇又苦又酸，味道很怪耶。

——啊，不可以把我那份也吃掉喔。

她滿腦子都是大樹的聲音，他像小狗一般的笑容清晰地浮現。

啊啊，弟弟已經不在了。

沙良的眼中又浮現了淚光。

在逃的林姓嫌犯兩天後被逮捕了。

沙良看到這則新聞的時候，正和奶奶一起吃已經不早的早餐。電視上的談話節目正在討論昨天剛成立的郵政民營化籌備處，畫面是首相站在字板前。這時跑馬燈打出一行「在逃的林姓嫌犯遭到逮捕」的字樣。

沙良停下筷子，奶奶也停止動作，兩人都沉默不語地盯著電視。她們只看到那行「在逃的林姓嫌犯遭到逮捕」的速報，沒有更多資訊了。主持人說「得到詳細消息再向大家報告」。

「抓到了呢。」

奶奶喃喃說道，夾起了吃到一半的煎蛋。

「是啊。」

沙良沒有更多的話想說。

談話節目之後會不會再提起大樹，說他是「被誤認為殺人犯而死去的少年」或是「妨礙警察搜查的少年」？沙良心想，就算他們又提起大樹，就算世人又批評大樹，她心中的大樹和她的悲傷也不會受到任何影響。

7

「妳有好好吃飯嗎？」

紙門拉開，丈夫的聲音隨即傳來。聽到聲音的幾秒後，她也感受到丈夫身上那股外界的氣氛和疲憊。

她只要回答「吃了」就能讓丈夫放心，她確實吃了自己煮的烏龍麵，但她並沒有回答。她可能害死了大樹，但她不但沒有跟著去死，還厚顏無恥地煮東西來吃，泉無法原諒自己，也不想讓丈夫知道自己是如此醜惡的人。

沙良搬出去之後，丈夫每天都提早回家。

可是丈夫不像她這麼思念大樹，也不像她這麼悲傷，就算有他陪著，也無法分享彼此的情感。

「身體沒問題吧？」

她不用回頭也能感覺到丈夫站在拉開的紙門外。他不確定要不要走進和室，最後還是決定不進來了。前幾天泉坐在靈桌前，丈夫走進來把手按在她肩上，她卻大吼「不要隨便進來！別管我！」。

「那就晚安了。」

丈夫靜靜地關上紙門。

不能再這樣下去。泉突然這麼想。我得振作起來，因為我是妻子，又是母親。

泉猛然起身，走到二樓。她想向丈夫道歉，還要向他道謝。

正要握住寢室門把時，她聽到了嗚咽聲。

丈夫正在哭。他一個人躲起來哭。那哭聲斷斷續續又模糊不清，低沉地顫抖著。

她彷彿可以看見丈夫跪在床緣、把臉埋在床上的模樣。

那抑制不住的嗚咽蘊含著濃縮的悲傷，那是由心底湧出的單純的悲嘆。

真希望我也能這樣哭。泉心想。

她希望自己能像丈夫一樣單純地為失去大樹而悲傷。可是她心中正颳著罪惡感、後悔、不安、懷疑的暴風，使她無法專心地悲傷。

為什麼我沒辦法這樣哭呢？

泉打開了門。

和她想的一樣，丈夫正跪在床緣、把臉埋在床上。他維持原本的姿勢，只把臉轉向了泉，被淚水沾溼的臉頰脹得通紅，寫滿了悲傷。

她想告訴丈夫，自己也很傷心，自己也想這樣哭，但她不知道該怎麼說。

「為什麼只有你可以？」

她說出了自己都沒想到的話。

「為什麼只有你可以那樣哭？因為你只想到自己，才能哭得那麼輕鬆。你一定沒想過害死大樹的或許是自己吧？一定沒想過要跟著大樹一起死吧？畢竟你總是忙著工作，從來沒有做過父親該做的事。如果你跟大樹多一些男人之間的對話，或許就不會發生這種事了！」

泉覺得自己分裂成兩個人。

一個說著自己不是真的這樣想，另一個說著或許都是丈夫害的。如果丈夫扮演好父親的角色，或許大樹就不會覺得待在家裡很拘束，或許他那一晚就不會騎腳踏車出去了。

隔天早上，丈夫沒有跟泉說一聲就出門工作了。

泉在被窩裡聽見丈夫出門的聲音，又閉上了眼睛。

最近她的睡眠習慣改變了。大樹剛死的那陣子，她整晚都半夢半醒，現在她晚上幾乎都沒睡，丈夫出門後，她才熟睡到中午。她完全沒有作夢，睡得像昏迷一般，醒來後也是昏沉沉的，搞不清楚自己在哪裡，然後她會想起自己又要面對沒有大樹的一天，因而深受打擊。

「大樹，早安。」

醒來的泉向大樹的遺照說道，淚水隨即湧出。

她走出和室，打開客廳的電視，談話節目報出林龍一嫌犯在東京街頭被逮捕的事。

節目依照時間順序列出了林姓嫌犯的犯行：闖入公寓，對獨居的女性施暴，將其殺害。大約三個月後，又殺死一位認識的女性。兩次作案都偷了財物。三月二十三日遭到逮捕，當天從宇都宮警察署的廁所逃走。在逃時用刀割傷一位正要回家的女大學生，搶走她的包包。

受害者之中沒有大樹。大樹的死被遺漏了。

「為什麼？」

泉啞聲說道。

大樹會死是因為被誤認成林姓嫌犯，如果他沒有逃走，大樹就不會死了。話雖如此，大樹的死為什麼會被遺漏呢？難道林姓嫌犯和大樹的死沒有關係嗎？

那大樹為什麼會死呢？是誰害死大樹的？是誰殺了大樹的？

泉雙手抱頭，雙眼緊閉，尖叫聲已經衝到喉嚨。她覺得現在如果叫出聲，恐怕永遠都停不下來了。

大樹不想待在家裡……覺得很拘束……騎腳踏車到很遠的地方……那一晚也是出去散心……

腦海裡不斷響起的聲音都在責備著泉。她猛敲自己的頭，想要消除那些聲音。

「不是的！不是的不是的不是的不是的！」

大樹是被林姓嫌犯害死的。

鞠香也是這麼說的。她說大樹是被林姓嫌犯害死的，如果他沒有逃走，或許大樹到現在還活著。她知道大樹在家裡覺得很拘束，但她並沒有說大樹會死是因為家庭或母親，而是因為林姓嫌犯，所以一定錯不了。

沒錯，她是這麼說的。

——他害死了大樹，卻沒有受到任何懲罰，這怎麼說得過去！

一定要讓林姓嫌犯認罪。一定要讓世人知道大樹也是受害者。

高中生們陸陸續續走出校門。制服像面具一樣隱藏了他們的個性，使他們彼此之間無法區別。

泉站在校門前等鞠香。

鞠香明明那麼期待林姓嫌犯遭到逮捕，但泉打了好幾次電話她都沒接，留言給她也沒有回應。

泉發現了鞠香的身影，叫著「鞠香」跑過去。
「我打了好幾次電話給妳呢。對了，妳知道兇手抓到了吧？就是害死大樹的那個人。妳說過絕對不會原諒他吧？」
鞠香轉頭不看泉，而是看著身旁，甜膩地叫著「阿拓」。
她身邊有一個高大的男生。
「我跟你說過吧。她是被誤認為殺人犯而死掉的那個人的媽媽。」
鞠香貼在那男生的耳邊說道。男生正經地點頭，鞠香也朝他輕輕點頭。
泉下意識地不去注意他們兩人的互動。
「鞠香啊，妳不是說過絕對不會原諒那個兇手嗎？我也一樣。好不容易抓到兇手了，我想跟妳談一談今後要怎麼維護大樹的名譽。」
「嗯，好啊。」
鞠香對泉微微一笑，又轉向那個男生。
「阿拓，我想幫她的忙，你先走吧，我等一下就去找你。」
鞠香望著那男生時，眼神似乎特別純真可愛，讓泉覺得很不舒服。
「鞠香，那個人是誰啊？」
泉望著那男生逐漸走遠的背影，一邊問道。
「他是我的朋友。」

鞠香沒好氣地回答。

「這樣啊，只是普通朋友吧？對了，等一下要不要來我家？妳也一起來向大樹報告抓到凶手的事吧。」

泉無意識地拉起鞠香的手，但立刻被鞠香甩開。

她訝異地看著鞠香，鞠香低下頭去。

「……我覺得人不能一直被過去束縛。」

鞠香小聲地說道。

「啊？妳在說什麼啊？凶手終於抓到了呢。妳上次不是說過絕對不會原諒他嗎？所以我才覺得應該跟妳商量一下，今後該為大樹做些什麼。」

泉正講得口沫橫飛時……

——人不能一直被過去束縛。

她晚了幾秒才理解鞠香說的話，不禁愕然屏息。

人不能一直被過去束縛嗎？她如此自問。突然間，強烈的失落感和絕望從天而降，整個世界都失去色彩。

大樹只存在於過去，不存在於現在和未來。可是她卻不能被過去束縛？這表示她得忘了大樹嗎？她必須把大樹從這世上抹除嗎？

「妳不是說過不會忘記大樹嗎？為什麼現在又說不能一直被過去束縛？」

鞠香低著頭說了些什麼，泉沒有聽清楚，「咦？」了一聲盯著她看。

「真囉嗦，妳很煩耶。」

鞠香一臉不屑地喃喃說道，然後她說「還有人在等我，我要走了」，就要離開。

「等一下！」

泉急忙拉住鞠香的手腕，鞠香扭身想要掙脫。

「妳不是說妳會一直喜歡大樹嗎？不是說妳絕對不會忘了大樹嗎？」

「請妳放開我。」

「妳說過絕對不會忘了大樹吧！」

「已經夠了吧？」

「什麼夠了！」

泉扭住鞠香的手腕。

「我不想管了啦！」

鞠香一邊大喊，一邊用力扭身，泉也在同一時間把手鬆開。

鞠香腳步顛簸，身體轉向另一側。那穿著新制服的背影毫無防備地暴露在泉的眼前，她反射性地伸手一推。

泉的眼中沒有看見馬路上往來的車輛。她似乎聽到了慘叫，卻不知道是誰發出的。

第二部

二〇一九年

九月二十三日下午一點多，警方接獲報案，說新宿區中井的某間公寓裡死了一位女性。死者是這間公寓的住戶小峰朱里，二十四歲。報案者是死者在廣告代理公司的同事。

這個星期一是國定假日，但小峰朱里為了參加客戶的活動，還是預定今天要去上班，可是她過了時間還沒到公司，打電話也沒接聽，同事正在擔心，又接到她母親的電話說聯絡不上女兒，於是同事和母親在房東的陪同下進入公寓，卻發現小峰朱里倒在玄關。小峰明顯已經死亡，所以同事立刻打一一〇報警。

遺體的後腦有外傷，脖子上有勒痕。此外，死亡時間推測已經超過兩天。

警方判定這是凶殺案，隨即在新宿區西早稻田的戶塚警察署設立了特別搜查總部。

經過司法解剖，確認死因是窒息身亡。警方認為死者是被鈍器砸到後腦，在倒下時被條狀物勒住脖子。此外，死亡時間是三天前，星期五下午五點至半夜十二點。

現場沒有找到類似凶器的條狀物，但鞋櫃上的貓頭鷹擺飾沾了受害者的血，而且和她後腦的傷口形狀一致。凶手可能用貓頭鷹擺飾毆打受害者的後腦，在她倒下時再用條狀物勒住她的脖子。還有，貓頭鷹擺飾沒有驗出指紋，凶手應該戴了手套。

室內沒有打鬥的跡象，受害者衣衫整齊，錢包之類的財物都沒有失竊，但受害者的手機不見了。此外，門窗都有上鎖，屋內形同密室，由此可見，凶手應該是持有備用鑰匙的熟人。

1

門一打開，就有一股淡淡的腐臭味撲鼻而來。

發現遺體已經超過五個小時，鑑識課等搜查人員現在都不在公寓了。這是租給單身房客的雅房，玄關很窄，沒辦法讓兩個成年男性同時擠進去。

田所岳斗推開門，後退一步，說「請進」。高瘦的男人默默地走進去。

太陽已經下山，室內很暗。走廊燈光微弱地照在狹窄玄關裡的男人背上。

男人朝著倒在地上的遺體合掌膜拜。他稍微駝背的背影看起來有些疲憊。五秒，十秒……男人還在膜拜。二十秒，三十秒……還沒結束。

岳斗有些不耐。幹麼在這種地方浪費時間啊？他本來想直接去找相關人士問話，是在這男人的強烈要求之下才來到案發現場。

男人大概過了一分鐘才放下雙手，但他沒有立刻走開，而是站在原地盯著地板。岳斗不知道他現在是睜眼還是閉眼，只覺得他沉默的背影彷彿是在聆聽已死的受害者的聲音。

男人終於走出門外，岳斗問道「要走了嗎？」，他卻投來譴責的目光。他的嚴厲和魄力讓岳斗有些害怕，岳斗發現他是在責備自己沒有向死者致意，急忙解釋說：

「我之前已經來過了……」

岳斗的話沒有說完，總之他是想表達自己已經膜拜過了。

「喔喔，這樣啊。那真是失禮了。」

男人的表情變得柔和，但看不出情緒。

他那細長的眼睛像在微笑，又像在悲嘆，但眼神非常銳利，讓人覺得不能小看他。微翹的瀏海蓋在眼前，嘴角雖然上揚卻沒有愉快的感覺，或許是因為他的嘴脣太薄吧。他身上沒有贅肉也沒有肌肉，像豆芽菜一樣細長瘦弱。

這位看似窮困音樂家或冷門劇團演員的男人叫作三矢秀平，他是警視廳搜查一課殺人犯搜查第五組的刑警。

三矢秀平的名號就連警視廳戶塚警察署的新手刑警岳斗都聽過，但剛才的搜查會議是他第一次見到三矢。搜查總部設立於新宿區戶塚警察署的演講廳，現場氣氛很嚴肅，但三矢彷彿不受重力影響、飄浮在離地兩三公分處。他的領帶鬆垮，襯衫鈕釦沒有全部扣上，他的長手長腳也很引人注目。就算沒人介紹，岳斗從他奇特的外貌也能猜到他就是大家口中的「怪人」三矢。「新宿區中井女性遇害案搜查總部」是岳斗當上刑警之後第一次加入的搜查總部。當他知道要和三矢搭檔時，他既困惑又緊張，心想「為什麼是我……」。說得更誠實點，他簡直想大聲哀號「哇靠，真的假的，拜託饒了我吧」。

岳斗從求學時代就很不擅常跟「怪人」相處，他完全不理解對方在想什麼，除了顧慮太多、心很累之外，還會讓他沮喪地覺得自己只是個平凡無奇的普通人。

「現在可以去百井家了吧？」

岳斗坐上公務車的駕駛座，一邊發動引擎，一邊問道。

「……先生。」

三矢在副駕駛座小聲地說道。

「啊？」

「要叫百井先生。他又不是凶手或嫌犯，直呼姓氏太沒禮貌了。」

三矢直視著前方，冷冷地說道。

「啊，是的，對不起。」

岳斗乖乖道歉，心中卻想著：「哇靠，我跟這人果然合不來。」

車上籠罩著沉默。岳斗偷偷瞄去，看到三矢盤著雙臂看著前方。三矢顯然不會主動開口聊天。那我該找話題跟他聊嗎？還是該保持沉默？如果要聊天，應該聊跟案件有關的話題吧？岳斗想著這些問題，一下子就覺得心很累。

結果他們一句話都沒說就到了目的地——西東京市雲雀之丘。

案件相關者百井辰彥住的是五層樓公寓，大門沒有自動鎖。三矢沒搭電梯，而是輕快地抬起穿著黑色運動鞋的雙腳爬上樓梯。

三矢站在二〇一號房的門前，看看岳斗，岳斗朝他點頭，心跳頓時加速。岳斗意識到自己很緊張。走廊上飄來煎魚的香味，像是在嘲弄他緊繃的神經。

三矢按下門鈴。

幾秒後，對講機傳出一句「哪位？」。是女人的聲音。

「晚上來打擾真是抱歉，我們是警察，有事想要請教一下。」

三矢貼近對講機，輕聲細語地說道，然後拿出警察手冊對著門上的貓眼。

門打開了，一個女人探出頭來。她似乎是百井辰彥的妻子，臉上充滿戒備的神情。

「晚上來打擾真是抱歉。」三矢又說了同樣的話，但舉止卻不像說話那樣客氣，他直截了當地走進大門。

「妳是百井辰彥的太太嗎？」

「是的。」

「妳先生在嗎？」

「還沒回來。」

「還在公司？」

百井太太回答「是」的時候，她的身後傳來一聲「媽媽！」，有個一、兩歲的男孩快步走來。男孩看到站在門口的三矢和岳斗就停下腳步，天真地哈哈大笑，不知道哪裡好笑了。

「不好意思，可以叨擾妳一下嗎？」

三矢在說這話的時候已經脫掉了運動鞋，不顧百井太太的愕然，直接走進走廊。看到這麼無禮的態度，很難想像他跟剛才教訓岳斗不能直呼別人姓氏的是同一個人。岳斗喃喃說著「打擾了」，跟著走進去。

「事情是這樣的，妳先生的一位女同事是某案件的受害者。」

三矢一邊打量客廳，一邊說道。

「案件……」

百井太太重複了他說的話。

「希望妳能配合我們的調查。」

「好的，可是……你說的案件是……」

「所以我們必須先確認妳先生是不是真的不在家。不好意思，能不能讓我們看看房間？」

三矢的聲音低沉又有點沙啞，雖然語氣溫和，卻帶有一種不容反駁的魄力。

客廳大約五坪大，餐桌緊鄰著吧檯式廚房，電視前擺著雙人座沙發。沙發上放著一個托特包，應該是太太的，鋪著巧拼地墊的地上丟著做到一半的樂高電車。有兩個西式房間，百井太太解釋說擺著床的房間是丈夫的臥室，散亂著玩具的房間是她和兒子的臥室。三矢連衣櫃都打開來看，接著去看廁所和浴室，又檢查了陽臺，然後向百井太太問道：

「妳先生今天早上也是照常上班嗎？」

「是的。」

「他是幾點出門的？」

百井太太思索了兩、三秒，然後猶豫地說「啊，不對」。

「他是幾點出門的？」

三矢盯著百井太太，又問了一次。

「不，我記錯了。」

記錯了什麼？岳斗意識到自己皺起眉頭。

「這是什麼啊？」

一個天真的聲音打破了緊張的氣氛。

坐在電視前的男孩抬頭看著母親，他指著正在播放動物卡通的電視，口齒不清地又問了一次「這是什麼啊？」。

「這是大象。」

「喔。」

男孩的語氣像是毫不在乎，又繼續沉浸在卡通裡。

「妳先生今天早上是幾點出門的？」三矢立刻拉回話題。「還有，妳說記錯，是記錯了什麼？」

「對不起。今天早上我先生不在家，他是從出差的地點直接去公司的。」

百井太太如此回答，然後請他們在餐桌旁坐下。她本想泡茶，但三矢制止了她，請她也一起坐下。

「妳剛剛為什麼回答他今天早上也是照常上班？」

「對不起。」

「我是在問妳原因。」

百井太太垂下眼簾，小聲地回答「我忘記了」。

「忘記什麼？」

「我忘記先生的事了。他今天早上不在家。」

「這樣啊。這種情況很常發生嗎？」

「什麼情況？」

「妳先生從出差的地點直接去公司。」

「一個月大概會有一、兩次吧。」

「今天早上也是這樣？」

「是的。」

正在做筆記的岳斗停止了動作，重新打量坐在斜對面的百井太太。她看起來和岳斗差不多年紀，大概是三十歲左右。圓臉配上雙眼皮，個性似乎很溫和，眼睛帶一點褐色。與其說她漂亮，還不如說是可愛。她容貌秀氣，但眼皮彷彿很沉重，還帶著淡淡的黑眼圈，那難以遮掩的疲憊大大減弱了她的女性魅力。

百井辰彥今天早上從出差地點直接去公司，至今還沒回家。百井太太說的話不知道是真是假。岳斗偷瞄三矢一眼，發現他直勾勾地望著百井太太。百井太太目光低垂，似乎不太開心。

「妳現在能聯絡到妳先生嗎？」

三矢緊盯著百井太太說。

她把手機貼在耳邊，然後小聲地說「他沒接」。

「聽說妳先生今天沒去公司。」

「啊？」

百井太太抬起視線。

「妳不知道嗎？」

她囁嚅似地回答「是」。此時的她好像已經確定有什麼壞事發生在自己身上了。

受害者小峰朱里今天沒去上班，所以才會被發現遇害。她的同事說還有另一個人也是預定要去上班卻沒有去，而且同樣聯絡不上，那人就是百井辰彥。受害者是營業部門，百井辰彥是企劃製作部門，兩人雖然部門不同，但工作上有很多交集，包括今天的活動在內。

「妳先生是什麼時候出差的？」

「我記得……」百井太太露出沉思的表情。「……是星期五。他星期五出門，說今晚會回來。」

「他是去哪裡出差？」

「對不起，我沒有問。」

岳斗感覺不太對勁，如果他們已經結婚幾十年還說得過去，但這麼年輕的妻子卻不知道丈夫去哪裡出差，好像不太尋常。而且他們的孩子還這麼小，為了有什麼萬一時能聯絡得上，她應該要掌握丈夫的行蹤才對。雖然岳斗覺得不合理，但他畢竟沒結過婚，無法斷定他們有問題。

他突然想到一個問題，不知道三矢結婚了沒？三矢大概四十歲左右，但他好像只活在自己的世界裡。

「我想問些私人的問題，你們夫妻關係怎麼樣？」

百井太太聽到三矢的問題似乎很意外。

「普通吧。我覺得很普通。你為什麼這樣問？」

「只是想要知道。」

三矢回答得一副理所當然的樣子。

「到底發生什麼事了？你說我先生的女同事是某案件的受害者，是什麼案件？」

「凶殺案。」

百井太太倒吸一口氣。

「那位同事叫小峰朱里，她被人發現死在自己的公寓。小、峰、朱、里。妳聽過這個名字嗎？」

百井太太微微搖頭。

「我們想找妳先生打聽這個案子的情況，現在卻聯絡不上他。」

「這個案件和我先生有關嗎？」

「我們也想搞清楚。他有可能被捲入案件，或是知道某些內情。我們想要盡快找到他，妳知道他可能會去哪裡嗎？」

「不知道。」

「那妳知道他為什麼沒去上班嗎?」

百井太太默默地搖頭。

三矢把名片放在她面前。

「如果妳先生回來了,或是跟妳聯絡,請妳立刻轉告他這件事。」

百井太太沒有說話,只是看著餐桌上的名片,像是看著某種不祥的東西。

兩天後,百井辰彥從案件相關者之一變成了重要相關者。

根據受害者小峰朱里的同事和朋友們的證詞,受害者和百井發生了婚外情,還有人作證說受害者把自己公寓的備用鑰匙給了百井。

「我一直很反對他們的事,因為百井先生一向喜歡拈花惹草,除了朱里以外,聽說還有兩個女人跟他有婚外情。朱里以前笑著對我說過『有老婆的男人要分手比較容易』,但我覺得她只是嘴硬,因為她總是把週末空下來,說百井先生可能會去她那裡住。」

提供證詞的是和受害者在私底下也很親近的同期同事加藤。

「他們是從什麼時候開始在一起的?」

聽到三矢的問題,加藤立刻回答「從六月開始的」。她說公司在六月贏了一場很大的比賽，他們是在參加完慶功宴之後搞上的。

「所以凶手就是百井先生吧？」

「妳為什麼會這樣想？」

「因為他逃走了啊，任誰都會這樣想吧。」

加藤眼中浮現淚光，抱怨似地說道。

如同在為兩人的婚外情作證，受害者的房間到處都驗出了百井的指紋，像是門把、電燈開關、電視遙控器、牙刷等等，房間裡甚至還找到了男人的居家服、襪子和內褲。

最關鍵的證據是監視器錄到的畫面。

案發現場附近的監視器拍到了受害者回家的影像，時間是晚上七點二十分。大約一個小時之後，同一個監視器在八點二十二分拍到百井辰彥走向受害者公寓的方向，二十分鐘後又拍到他走回來的身影，他一邊走一邊回頭，雖然畫面很暗，還是看得出他的慌張。

百井一定知道些什麼。他至今依然行蹤成謎。

百井辰彥，三十四歲，沒有前科，在西東京市雲雀之丘租了一間公寓，和妻子兒子住在一起。他的妻子叫野野子，三十歲。長男叫凜太，一歲九個月。聽百井辰彥的母親說，他們是在兩年半前結婚的，當時野野子已經懷孕了。

「請你們盡快找到我兒子。」
母親智惠哀號似地懇求。
「辰彥不是凶手，那孩子絕不可能殺人，他一定是被牽扯進來的，拜託你們快點找到那孩子。」
「冷靜一點。」
父親裕造用訓話的態度插嘴說。
「我這個做父親的也敢保證，辰彥不可能做出這麼可怕的事，他絕對不是凶手。」
百井辰彥的老家在埼玉縣川口市，父親六十八歲，母親六十四歲，辰彥是家中的獨子，開始工作之後就搬出去了。
這對老夫妻住的獨棟房子的屋齡大約三、四十年，大概是生下辰彥的時候買的。岳斗會這樣想，是因為他家也是這樣。岳斗的老家在仙台，父親在印刷公司上班，母親在親戚開的公司當兼職經理，岳斗考上東京的大學之後就一直住在東京，但他的哥哥和妹妹留在故鄉工作，直到現在都住在老家。聽說老家那棟屋齡三十多年的房子就是在哥哥出生時買的。
雖然岳斗他們是突然來訪，百井家的客廳還是收拾得乾乾淨淨，家具雖然老舊，但是每樣東西都妥善地放在適當的位置。
「我沒說辰彥先生是凶手。」

三矢用低沉沙啞的聲音說道。

「真的嗎？可是你們跑來問辰彥去哪了、有沒有跟我們聯絡，好像把他當成了凶手。辰彥不是會做出那種事的孩子，婚外情的事一定也是有什麼誤會，那孩子很體貼、很關心家人，他對野野子和凜太都很好。」

智惠只坐了沙發的三分之一，放在腿上的雙手握緊。

「辰彥先生很關心家人嗎？」

三矢問道。

「是啊，他很關心家人。」

「怎麼說？」

「什麼怎麼說？」

智惠一臉困惑地問道。

「從哪些地方可以看出辰彥先生很關心家人？」

岳斗不明白三矢為什麼特別在意這件事。是因為百井又關心家人又搞婚外情很不合理嗎？這種事也很常見吧。

「從哪些地方喔……好比說，我和丈夫的生日他都會送禮物，還常常帶凜太來給我們看，他雖是男孩子，心思卻很細膩。喔，對了，母親節他都會買花給我呢。」

「妳說的都是他對父母的態度，我要問的是，他對太太和孩子怎麼樣？」

「一看就知道了吧。」
「我沒有看到，所以不知道。」
三矢一臉正經地回答。
「這還用問嗎？」智惠有些不耐煩了。「他對沒有住在一起的父母都這麼好了，對住在一起的家人當然更好嘛，像是陪凜太玩耍，體貼野野子之類的。那孩子雖然工作很忙，還是會為家人做很多事。」
「他們夫妻之間的關係怎麼樣？」
「啊？」
「我是說辰彥先生和太太野野子之間的關係。」
「當然很好啊。辰彥個性周到，野野子個性溫吞，大概是因為這樣才合得來吧。」
智惠毫不遲疑地說道。
「他們夫妻關係很好嗎？不是普通而已嗎？」
「是啊，關係很好。對吧？」
裕造點點頭，說：
「為什麼你要問他們關係怎麼樣？難道野野子有什麼問題嗎？她跟這件事有關嗎？」
「為什麼妳會這樣想？」

被三矢這麼一問，智惠答不出來。

「什麼為什麼……就是因為你問了那些事，我才會這麼想啊。不然你自己去問野野子吧，問她辰彥是不是好老公、好爸爸，野野子的回答一定和我們一樣。」

她的態度顯示她是真心這樣想，而不是在包庇兒子。

三矢的手機響起，他說著「失禮了」，走出客廳。

「啊，不好意思，我都沒幫你們泡茶。」

智惠一邊說一邊站起來。

「沒關係，不用麻煩了。」

岳斗剛說完，三矢就開門探頭進來。

「今天我們得先告辭了，改天再來請教你們。」

岳斗猜想可能是搜查總部傳來了重要資訊。真的被他猜中了。

剛離開百井家，三矢就說：

「找到百井辰彥的最新監視畫面了。星期五晚上九點二十分，他在回家時被家附近的監視器拍到。」

小峰朱里被殺的時間是二十日星期五晚上七點二十五分至半夜十二點，百井在這段時間內被案發現場附近的監視器拍到兩次，一次是走向受害者的公寓，一次是慌張地離開。大約四十分鐘後，他又在自己家附近被監視器拍到。

「從時間來看，他應該是從案發現場直接回家。」

岳斗一這麼說……

「現在還不能確定百井先生去過案發現場。」

三矢立刻糾正他。

「呃，你說得沒錯。對不起。」

「不過，假設他去過案發現場也很合理。」

岳斗忍不住在心中吐槽「你到底想怎樣啦」。

聽到三矢說要去確認監視器的位置，岳斗就開始操作手機。他們今天不是開車出來，而是搭電車。他查了時刻表，從這裡到百井辰彥家附近的雲雀之丘站要花一個小時以上，而且現在還是下班的尖峰時間。

現在九月都快過了，但白天氣溫還是很高，太陽下山之後空氣中仍殘留著熱度。一點風都沒有。下班回家的人從車站陸續走出，有的提著便利商店的塑膠袋，有的邊走邊滑手機，每個人的肩上都扛著沉重的疲憊，各自走向自己的歸宿。

唉，我也好想回家啊。這個突如其來的念頭讓岳斗自己都有點嚇到。此時走在他身旁的三矢的手機響起，像是在指責他那無聲的埋怨，令他再次感到心驚。

「喔喔……這樣啊……幾點？……我知道了。」

三矢很快就掛斷電話，然後望向岳斗。

「雲雀之丘站的監視器拍到百井先生從星期五晚上九點十二分到站的電車裡走出來。也就是說，他下車八分鐘之後就被自家附近的監視器拍到。」

三矢只說了這句話，然後露出沉思的表情陷入沉默。他似乎不打算和岳斗分享自己的推論和疑問。

岳斗心想，這個公認的「怪人」腦袋裡只有案件呢。無論是別人的評價、自己的不足之處，還是對將來隱約的不安似乎都進不了他的腦袋，全副精神都集中在搜查案件。我也好想當個怪人啊，當怪人一定很輕鬆吧。不過，會這樣想的人鐵定當不了怪人。

岳斗想當警察的最大理由是因為他想當公務員，而且他也很喜歡警匪片，所以很單純地覺得既然都是當公務員，乾脆選擇兼具安穩和刺激的警察吧。這是他二十歲左右做的決定，但是現在的他只覺得八年前的自己蠢斃了。

他們要找的監視器是在距離雲雀之丘站南門五分鐘路程的十字路口。電線杆上掛著「錄影中」的告示。勉強能讓兩輛車交會而過的這條路上只有民宅和小小的兒童公園，過了晚上八點幾乎沒有路人。

百井辰彥下了電車八分鐘後就被這裡的監視器拍到，也就是說，他出了車站之後就直接回家，沒有繞去別的地方。他家就在這個十字路口兩百公尺後的右側，從這裡走到他家只要三分鐘。離家只剩兩百公尺，百井究竟跑到哪裡去了？

「前面沒有監視器了吧？」

岳斗指著百井家的方向問道。

「是啊，百井先生住的公寓也沒有安裝監視器。」

百井辰彥真的沒有回家嗎？

他的妻子野野子說他是星期五出差的，卻不知道他去哪裡出差。究竟是誰在說謊？是百井騙了他的太太，還是他的太太騙了警察？

「普通是什麼意思？」

三矢喃喃說道。

岳斗以為他是在自言自語，但他接著又問「田所先生怎麼想？」。

「啊？什麼普通？」

岳斗反應不過來。他不知道三矢在問什麼。

「就是百井先生的太太野野子前幾天說的話，她說他們夫妻之間的關係很普通。」

「啊，喔喔，是啊。」

沒錯，三矢問野野子跟丈夫關係如何，她確實是這麼說的。

「夫妻關係普通到底是什麼意思？」

岳斗還是聽不懂三矢的問題。夫妻關係普通就是夫妻關係普通，就像自己的父母一樣吧，說不上非常好，但又不是差到哪裡去，不是很有話講，也沒有共同興趣，只是很自然地接受彼此的存在，維持著適當距離而共同生活。
「就是關係沒有特別好、也沒有特別差的意思吧。」
岳斗根據自己父母的情況來回答，但三矢似乎不太滿意。
「呃，三矢先生，您結婚了嗎？」
「沒有。」
「我想也是。」
岳斗忍不住笑了，但三矢的表情依然嚴肅。岳斗連忙收起笑容。
「一般人會回答『普通』有三種可能性。」
三矢沒有看著岳斗，像是在自言自語。
「第一是真的覺得普通，第二是沒有經過認真思考，只是覺得『普通』這個答案最安全，第三則是有所隱瞞。『普通』這個詞很好用，因為不需要解釋，可以任憑對方自行想像。」
三矢想說野野子回答「普通」是為了隱瞞什麼事嗎？她的態度確實不太自然，因為她忘記丈夫出差，又不知道丈夫出差的地點。
現在警方正在監視百井家。
不過，會不會太晚了？案發至今已經五天，發現遺體也已經兩天了。如果野野子要幫助丈夫潛逃，她的時間非常充裕。若要設想最壞的情況，搞不好他都已經弄到假護照潛逃出國了。

2

我們家媳婦啊……提起野野子的時候，百井智惠都會這麼稱呼她。

因為「我們家媳婦」這種稱呼感覺很親密、充滿溫情，會讓人覺得她們婆媳關係非常好。她想藉著這種老派而親切的稱呼來凸顯他們這一家——包括沒有血緣關係的兒媳婦在內——是多麼地幸福快樂。

她認識的大多數人都稱兒媳婦為「兒子的老婆」，或是直呼其名，但是那種稱呼好像和兒媳婦很疏遠，甚至帶有敵意，聽起來不太舒服。

「我們家媳婦個性溫吞，是個很好的人。」

智惠經常向熟人這樣介紹野野子，還會用開玩笑的語氣直接對辰彥或野野子說「野野子真的很溫吞呢」。在智惠的心中，「溫吞」跟「平庸」是一樣的意思。

辰彥帶野野子給父母看的時候，智惠有一點失望，覺得這個女人平凡無奇，甚至覺得辰彥應該找個更好的對象。野野子雖然不醜，但沒有任何吸引人的亮點，看上去就是個乖巧又不顯眼的女人。相較之下，辰彥身高雖然不到一百七，眼睛小，又是單眼皮，鼻子嘴巴也偏小，五官拆開來看每個部分都不好看，但他就是有一種吸引人的魅力。他從小就是團體中最引人注目的一個。丈夫裕造笑她對兒子太偏心，但她真的覺得兒子身上有一種特殊的氣場。

所以當她看到和兒子截然相反的野野子時，心底既驚訝又失望。不過她還是安慰自己，說辰彥選了一個平庸又不起眼的女人反而彰顯了他不重外表只重內心的踏實性格。

其實智惠也覺得野野子是個好妻子。

野野子只有一次真的惹她生氣了。在兒子結婚不久前，她聽說野野子已經懷孕的事，覺得自己好像被騙了，甚至懷疑野野子是為了逼婚才單方面計畫懷孕。

除此之外，她對野野子大致上還算滿意。野野子乖巧又聽話，從來不會忤逆丈夫和公婆。辰彥的個性有時還挺強硬的，像這種願意低頭的女人或許更適合他吧。

她對野野子也有不滿的地方。最嚴重的一件就是凜太還這麼小，野野子卻找了個全職的工作。至少要在孩子小時候多陪陪他嘛，凜太真是太可憐了。雖然智惠對此很不滿，但這畢竟是兒子家裡的事，所以她很自制地沒有向他們指手畫腳。她覺得心胸寬大的自己真是個好婆婆。

「為什麼不接電話啊！」

智惠哀號似地喊道。

她打了很多通電話給野野子，但野野子都沒有接聽。她不斷浮出不祥的想像，急得都快發瘋了。辰彥現在下落不明，還被當成凶殺案的凶手。她不敢相信自己的人生竟然會遇上這麼可怕的事。

兩位刑警才剛離開。客廳還瀰漫著他們帶來的、既可怕又不尋常的氣氛。

「還是沒開機。」

丈夫把手機貼在耳邊，喃喃說道。

「你打給辰彥了嗎？」

聽到智惠的詢問，丈夫表情嚴肅地點頭。

丈夫打不通，但身為母親的自己或許能打通。智惠懷著一絲希望撥打了辰彥的手機號碼，卻只聽到電子語音說對方手機收不到信號或沒有開機。

「辰彥到底是怎麼了……」

智惠喃喃說著。

沒事的，他很快就會跟我們聯絡，一定是有什麼誤會。現在說什麼都好，無憑無據也無所謂，智惠只想聽到樂觀正向的回答，但丈夫始終噤口不語。

「野野子的手機也沒開機。到底是怎麼了？都這種時候了……」

辰彥家沒有室內電話。智惠咬著下唇心想：所以我才一直勸他們為了不時之需最好還是裝個室內電話嘛。

牆上時鐘的指針指向六點三十二分。現在是晚餐時間，野野子到底跑到哪裡去了？更令智惠在意的是，野野子為什麼沒有告訴他們辰彥行蹤不明，而且警方也在找他？

刑警說他們是在兩天前的星期一發現辰彥行蹤不明，當晚就去找野野子問話，所以野野子前天就知道這件事了，卻沒有通知他們。照理來說，她應該要立刻哭著打電話過來說「媽媽，辰彥失蹤了，警察正在找他」才對啊。

「老公，辰彥到底怎麼了……」

智惠再次問道，但丈夫還是沒有回答。

她突然覺得，丈夫老是這個樣子，每次我需要安慰的時候他都不會安慰我，這個人在關鍵的時候總是閉著嘴不說話。

「他是不是被捲入什麼案件或意外了？是不是正在找人求救？警察會認真找人吧？他們會找到辰彥吧？」

智惠越想越擔心，問個不停。

「冷靜一點。」

「到底發生什麼事了？辰彥絕不可能殺人的。為什麼事情會變成這樣？」

「妳知不知道辰彥可能會去哪裡？」

辰彥可能會去的地方……智惠努力思索，但她想不到任何地方，也想不到和辰彥比較親近的人。辰彥已經搬出去十多年了，他是自己工作賺錢的社會人士，也有自己的家庭，還是個男孩子，她不清楚兒子的交友關係也很正常吧？她根本不知道已經結婚生子的兒子有沒有家庭和公司以外的交友關係。

她覺得辰彥的生活很普通，只有工作和家庭，這兩樣就是辰彥日常生活的支柱，公司和家裡當然會有大大小小的麻煩，但是應該都沒有超出日常生活的範圍。

聽到警察說辰彥有婚外情時，雖然智惠立刻否認說這一定是誤會，其實她也覺得這種事情不是不可能。婚外情，也就是外遇，又不是多稀罕的事，她的丈夫年輕時也有好幾次帶著女人的味道回家。要不要跟丈夫爭吵，要大事化小還是要把事情鬧大，最終都是由妻子決定的。

野野子知道辰彥外遇了嗎？智惠突然冒出這個疑問。

隔天早上的報紙刊出了辰彥的事。

〈警方認為受害者的男同事可能知情，正在搜尋他的下落。〉

智惠推了推老花眼鏡，反覆讀著報紙上的小字。看到後來，她覺得自己好像從頭頂飄出，異常冷靜地讀著報紙上的報導。

那個男同事一定是凶手……

大眾的聲音浮現在腦海裡，令她吃驚地猛然抬頭。

餐桌前只有智惠一個人。丈夫六十五歲退休之後就找了個公寓管理員的工作。

習慣沉浸於工作的丈夫說他要工作到七十歲為止。即使家裡發生了這種事，他還是一樣在早上七點多出門。

丈夫一定也看過這篇報導，但他什麼都沒說。對了，她至今還沒聽到丈夫明確說出「辰彥不可能是凶手」這種話，該不會除了自己以外的所有人都覺得辰彥是凶手吧？

一股寒意爬上她的背脊。

辰彥的手機和野野子的手機都沒開機。

到底發生了什麼事？智惠覺得全世界只有自己一個人被蒙在鼓裡。

3

加瀨明日香指定的地點是商業大樓一樓的咖啡廳室外座位。下了一個早上的雨已經停了，但天空依然烏雲密布，微風中夾帶著溼氣。

午餐時間已過，室外座位沒幾個人，除了岳斗和三矢之外，只有帶著小孩的母親，還有幾位年長的女性。兩個男人坐在這裡格外顯眼，加瀨一到就毫不猶豫地走過來說「請問是三矢先生嗎？」。

她染成淺色的頭髮綁了很高的馬尾，耳上戴著叮噹搖晃的耳環，披著一條民族風的華麗披肩，打扮得像個占卜師。

「你們是從哪裡聽到我的事啊？」

加瀨問這句話不是因為戒心，而是感到意外。

「是妳以前的同事說的。」

三矢回答。

加瀨以前也在百井辰彥那間廣告代理公司工作，但她已經離職半年了。

「我知道，我是問哪個同事？加藤？吉澤？齋藤？」

加瀨提到的三個人都指出了她是百井以前的外遇對象。

「一定有人向警察告密說我和百井先生搞過婚外情，所以你們才會跑來找我問話吧。」

「那是真的嗎？」

聽到三矢的問題，加瀨戲謔地笑了笑，沒有直接回答，而是說「我可以點個蛋糕下午茶套餐嗎？」。

「當然可以。」

三矢說道。

加瀨向走過來點餐的店員點了起司蛋糕和咖啡，然後交互望向三矢和岳斗，笑著回答「是啊」。

「說是這麼說，但我們只是一年多前交往過一陣子，還沒到婚外情那麼深入啦。」

「妳離職是因為百井先生嗎？」

「才不是，才不是。」加瀨大大地搖手。「我離職是為了當瑜伽教練啦。兩位刑警先生如果有興趣，要不要來上個體驗課程啊？」

加瀨從包包裡拿出名片，放在三矢和岳斗面前。

「妳離職之後和百井先生見過面嗎？」

「沒有。」

「有聯絡過嗎？」

「沒有，沒有。我們的關係本來就沒有很密切。」

「妳為什麼和百井先生交往？」

「為什麼？」加瀨重複著這句話，噘起嘴脣，像是在思考。她說了好幾次「為什麼」，想了一陣子之後才抬起頭，含糊地回答「不為什麼」。

「不為什麼，是什麼意思？」

果不其然，三矢繼續追問。他的語氣不像是質問，而是單純地感到好奇。

「唔……自然而然吧。」

「自然而然？」

「慶功宴結束後，我們兩人都有那個意思，他就在我的公寓留宿了一晚，後來也繼續保持這種關係……但是不到半年就結束了。」

「為什麼分手？」

「因為我交了男朋友。」

加瀨一邊吃著起司蛋糕，一邊揮著手說道。

「你們分手的時候有發生爭執嗎？」

「完全沒有。」

「百井先生的反應如何？」

「細節我記不清楚了，大概就是『沒問題！』這種感覺吧。」

也就是說，這兩人之間雖然有婚外情，卻不相愛。岳斗心想，這就是所謂的性愛分離的交往關係嗎？不過坐在對面吃蛋糕的加瀨長得這麼漂亮，氣質又很性感，何必冒著風險跟一個有老婆的男人在一起？難道她和百井交往的理由就像受害者小峰朱里對同事說過的「有老婆的男人要分手比較容易」嗎？

「百井先生的太太不知道你們兩人的關係嗎？」

聽到三矢這樣問，加瀨回答「大概吧」。

「大概是什麼意思？」

「我跟百井先生說過好幾次『如果被你太太知道就糟糕了，該怎麼辦？』，但是他說『不用怕，我太太對我沒興趣，她不會發現的，就算發現了也不會生氣』。」

對我沒興趣。就算發現了也不會生氣。

岳斗默默地複誦著這兩句話。

才結婚兩年的夫妻怎麼會這樣？

「百井先生說這句話的語氣是怎樣的？很落寞嗎？還是生氣？」

「都沒有。百井先生這個人該怎麼說呢……他確實精明幹練，什麼事都做得很好，但有些輕浮，做什麼都不投入。在公司裡也一樣，他討厭爭吵和麻煩的事，好像只想每天過得輕鬆愉快。這年頭很少有人像他這樣連推特和ＩＧ都不碰，他說社群網站用起來很麻煩，又容易惹出事端。」

加瀨對百井辰彥的描述和其他人大同小異。公司同事、屬下、學生時代的朋友都說百井「人很好」、「很精明」、「沒有仇人」，但也都指出他「一看到麻煩就會逃跑」、「只顧著自保」、「欠缺幹勁」。

「所以聽到百井先生殺死小峰小姐畏罪潛逃的時候，我真的嚇了一大跳。」

其他人的感想也差不多。認識百井的人都難以置信地說「他竟然會殺人」，但他們還是接受了百井是凶手這件事。「沒想到那個人竟然……」、「真不敢相信」、「他看起來不像那種人啊」，岳斗幾乎在所有案件都能聽到這些話。

「我沒有說百井先生是凶手。」

三矢溫和地糾正加瀨，但她大概覺得三矢只是在打官腔吧。

「被殺死的小峰小姐比百井先生小了十歲，也難怪百井先生沒辦法像平時一樣冷靜。」

「妳知道百井先生和誰比較親近嗎？」

加瀨歪了腦袋。

「不知道耶，百井先生會有親近的人嗎？他最重視的應該還是家人吧。說到這個，我從來沒聽他說過太太的壞話，或是想要離婚什麼的。」

看來百井的人際關係很狹隘，他雖然會參加公司或客戶的宴席，但私底下好像沒有比較親近的朋友。

岳斗心想，自己或許也一樣吧。他大學畢業之後的兩、三年還會跟朋友見面，聊聊近況，一起參加聯誼，後來就漸漸懶得去了。假日與其去見老朋友，他寧可待在宿舍裡上上網、打打電動、看看別人分享的影片。

自己才二十八歲，活得這麼自閉真的好嗎？岳斗突然有些擔心。

百井已經三十四歲，而且已經成家，自閉一點還無所謂，但岳斗還是單身，也沒有交女友的跡象……應該說他根本沒有認真想過交女友這件事，他希望至少私生活過得自由自在一點。

我這樣真的沒問題嗎？岳斗頓時忘了工作，對自己問道。

岳斗偷瞄三矢一眼。這個怪人的情況又是如何呢？

他有要好的朋友嗎？有女朋友嗎？放假都在做什麼？岳斗完全想像不出三矢私底下的模樣，也沒辦法描繪出他跟別人閒話家常、談笑風生的畫面。

「你怎麼想？」

和加瀨明日香談完，走向車站的途中，三矢突然如此問道。岳斗又搞不懂三矢在問什麼了，他回了一聲「啊？」，但三矢卻沒有再開口。

岳斗有些焦慮。他再不快點回答一定會被當成遲鈍的人，但亂回答也會被當成笨蛋。三矢到底是在問他對哪件事的想法呢？岳斗忍不住暗自抱怨「我和怪人果然合不來」。他沒有答案，所以只是說出了心裡的思緒。

「我在想，百井到底去哪了呢？」

岳斗聽到自己的聲音，立刻發現自己犯了大錯。

我竟然說出我在想百井到底去哪了。我又不是老百姓。不對，應該說我又不是小孩子。岳斗不禁吐槽自己。警方就是不知道他去哪裡所以才要找他啊。

「我也是。」

「啊？」

「但不是百井，而是百井先生。」

「喔，是，對不起。」

「我也在想，百井先生到底去哪了呢？」

三矢望著遠方說道。

百井最後的行蹤是他家附近的監視器拍到的畫面，至今尚未發現更新的監視畫面。案發當晚，百井回到了離家兩百公尺的地方，接著就完全銷聲匿跡了。

昨晚他們確認了拍到百井的監視器的位置，然後又去找百井的太太野野子問話，她還是堅稱那天晚上百井沒有回家。這一次三矢依然檢查了每一個房間，包括衣櫃裡面，還有浴室、廁所、陽臺，他甚至把冰箱打開來看。

三矢是不是覺得百井可能躲在家裡？

岳斗不知道三矢的想法，他從不主動解釋自己的行為，好像也很懶得回答別人的問題。難道是我太遲鈍了？若是換成別人，就算三矢不解釋，他們也能理解三矢那些言行的用意嗎？

出來應門的是七十歲左右的白髮老太太。

「你們是要打聽百井先生的事吧？」

老太太眼中充滿好奇心地問道。她是百井辰彥住的公寓的一樓住戶，因為昨晚她不在家，所以兩位刑警今天又來了一趟。

這棟公寓有五層樓，每層有四戶，總共二十戶。至今還沒問過話的，包括這位姓松本的老太太在內還有四戶。

「為什麼妳認為我們是要打聽百井先生的事？」
聽到三矢的問題，老太太回答是聽對面的住戶說的。
「我今天早上出去倒垃圾時剛好碰到對面的太太，她姓金城，你們昨天有去找過她吧。金城太太說警察很囉嗦地問她有沒有見到百井家的先生，她還跟我說『前幾天不是有個年輕女人被殺死嗎？應該跟那件案子有關』。」
「對面的金城太太是這麼說的嗎？」
「嗯，是啊。那個，百井先生真的是凶手嗎？」
三矢沒有回答老太太的問題。
「九月二十日，就是上週五，妳晚上有看到百井先生嗎？」
他進入了正題。
「喔喔，就是這個。金城太太也說過你們問了她這個問題，所以我自己也回想了一下，那天我沒有看到他。」
「妳最後一次看到百井先生是在什麼時候？」
「我不太記得了。我很少見到他，只是偶爾會在公寓門口遇到。」
至今還沒有任何住戶能確切地回答出「最後一次看到百井辰彥是在什麼時候」這個問題。這裡畢竟是東京，即使是在二十三區之外，鄰居之間的關係還是很冷淡。事實上，他們問了這麼多戶人家，認識百井先生的除了松本老太太之外，只有住在她對面的金城，還有百井家隔壁的住戶。

岳斗還以為自己早就習慣東京——尤其是西東京——淡薄的人際關係，但還是不禁感到心寒。他在仙台的老家是獨棟房子，左鄰右舍都認識彼此。國中的時候，他和朋友坐在便利商店門口打電動，隔天媽媽就收到消息了；他高中時瞞著家人去速食店打工，不到一星期就被媽媽發現了。去東京讀大學後，他覺得自己彷彿變成了透明人，沒有人會注意他，也沒有人會看他。周遭人們的冷漠讓他有一種得到自由的解脫感，但也覺得如同透明人的自己變得虛無縹緲、活得不太踏實。

這樣真的好嗎？岳斗的心底越來越常浮現這個疑問。他也不知道「這樣」指的是什麼，只是隱隱約約地感到擔憂，說不定每一件事都令他懷疑「這樣真的好嗎？」。

他並不是非常不滿現狀，只是偶爾會忍不住思索，如果自己選擇了其他工作會怎樣？如果自己一直留在仙台會怎樣？

岳斗試著想像只在照片和錄影畫面上看過的百井辰彥的日常生活。精明幹練、討厭麻煩事、做什麼都不投入、沒有親近的人……他給人一種模糊、飄忽、不具體的印象，跟任何人都不會深交，就像個透明人，讓人摸不清他到底在不在。

百井是不是對一切都感到厭煩呢？岳斗突然這樣想。

會不會是這種情況呢……或許他一直無意識壓抑著的感情在某天突然爆發，他在衝動之下殺死外遇對象，然後拋下原本的日常生活，為了活出不一樣的自己而逃亡。

岳斗本來打算把自己的假設告訴三矢，但又覺得這個假設沒有任何根據，最後還是沒說。

他們一無所獲地走出了公寓。

公寓對面是月租停車場，裡面停著用來監視的公務車。但岳斗覺得百井應該不會再回來了。

三矢望向監視器所在的方向。

「一個人要消失是很簡單的事。」

他低沉沙啞的聲音迴盪在岳斗的耳中。

4

洋蔥切成末，用小火慢慢翻炒。為了增加香甜和濃郁風味，洋蔥的分量改成食譜的一點五倍，炒成焦糖色之後再加入切成一口大小的紅蘿蔔和馬鈴薯。雞腿肉已經加了鹽和胡椒稍微煎過。

智惠認為，咖哩要煮得好吃，祕訣就是不怕費工。只要經過繁複的工序，就算用的是市面販售的咖哩塊也會很好吃。

她剝開咖哩塊，放進裝了水的鍋子，然後加入大蒜和即溶咖啡粉提味，再經過長時間的燉煮就完成了。

辰彥從小就很喜歡吃媽媽做的雞肉咖哩，就連結婚以後，他每次回老家還是會央求媽媽煮雞肉咖哩。

智惠突然想起，對了，今年的元旦好像也吃了雞肉咖哩。早餐和午餐吃的都是年菜和雜煮年糕湯，晚餐本來要吃壽喜燒，材料都準備好了，但她問辰彥「有什麼想吃的東西？」，辰彥不加思索地回答「好想吃媽媽做的雞肉咖哩」，她嘴上吐槽「大過年的吃什麼咖哩啊」，但心裡還是很高興，覺得媽媽做的咖哩在兒子心中果然是最特別的。

鍋子冒出的熱氣不斷被抽風機吸走。抽風機的低沉聲響圍繞著智惠。她漸漸忘記了自己在哪裡，自己為什麼煮了咖哩，全副心思都集中在咖哩上。

「媽媽？」

聽到這個聲音，智惠才回過神來，但她一時之間還搞不清楚自己在哪裡。

「奶奶～奶奶～」

這高亢的聲音令她清醒過來。凜太一邊興奮地叫著，一邊搖搖晃晃地跑過來，攀在智惠的腿上。

「哎呀，小凜，不可以這樣，太危險了。奶奶正在做菜喔。」

凜太對智惠的警告充耳不聞，依然天真地叫著「奶奶～奶奶～」向她撒嬌，令智惠又想到了她已經想過無數次的事：凜太和小時候的辰彥真像。

智惠關掉瓦斯爐，輕輕戳著凜太的臉頰說「凜太，你好」。凜太發出開心的笑聲。

抬頭一看，野野子正一臉呆滯地望著她。

「啊，對不起，我自己開門進來了。」

辰彥給過她公寓的備用鑰匙，以備不時之需，但她從來沒有用過。她也知道辰彥雖是自己的兒子，但他已經成家，她若是拿備用鑰匙自己跑進來也太不識相了。

「可是啊……」智惠說出了真心話。「我從昨天一直打電話給妳，妳都沒接聽，又遲遲等不到妳回撥給我，所以我很擔心，不知道是不是發生了什麼事。」

「啊，對不起。」

「到底是怎麼了？發生什麼事了？」

「我的手機昨天不見了。」

「手機不見了？」

「啊，不是，今天已經找到了。可是手機沒電了，所以我沒看見未接來電……對不起。」

真的嗎？我打來的時候妳剛好掉了手機，而且手機還沒電了，會有這麼巧的事嗎？

野野子似乎察覺到智惠的懷疑，急忙從包包裡拿出手機，說著「我現在就充電」，插上充電器。她這一連串的動作像是在製造不在場證明，而且這個兒媳婦連丈夫失蹤了都不通知婆婆。

智惠看看牆上的時鐘，剛過晚上六點。

「妳為什麼這麼晚才回來？」

「我去工作了。」

野野子回答的時候露出了訝異的表情，像是在說「妳不是早就知道了？何必明知故問」。

「工作？」

「是的。」野野子的表情依然訝異。

「妳讓凜太待在托兒所？」

「是的。」

辰彥都已經失蹤了，而且還被當成殺人凶手，這個兒媳婦竟然還是一如往常地過日子。智惠的太陽穴呼呼發燙，肺部卻充滿了冰冷的空氣。

「昨天有警察找上門來。」

「喔喔。」野野子喘氣似地回答。

「喔喔？」智惠的語氣變得尖銳。「妳回答『喔喔』是什麼意思？辰彥都失蹤了耶，妳為什麼沒有通知我們？」

「我怕你們擔心。」

「我是辰彥的母親，當然會擔心啊！為什麼這麼重要的事都不告訴我們？」

「對不起。」

「到底是怎麼回事？辰彥發生什麼事了？野野子，妳應該知道詳細情況吧？」

野野子垂下眉梢，一副可憐兮兮的樣子。智惠覺得她是刻意裝出來的。

「我不太清楚。」

「不太清楚是什麼意思？辰彥會去哪裡？妳想不到嗎？」

野野子的聲音像是擠出來的。

「我真的不清楚。」

「警察是不是覺得辰彥殺死了那個女人？」

野野子以垂下眼簾的動作表示肯定。

「這是不可能的。妳有跟警察說嗎？說辰彥絕不可能做出這麼可怕的事？」

野野子頭也不抬，小聲回答「是」，但智惠懷疑她根本聽信了警察說的話。

「野野子，妳要振作一點才行啊。」

「對不起。」

我又不是要聽妳道歉！智惠正準備怒吼，凜太用哭泣般的聲音喊著「奶奶～」，拉住她的裙子。智惠摸摸凜太的頭。

「小凜，等一下喔，奶奶和媽媽正在討論重要的事。」

「凜太大概餓了。您煮了咖哩是吧，可以給凜太吃嗎？」

那是煮給辰彥吃的。智惠沒有想到凜太，所以使用了辣的咖哩塊。

「小凜，對不起唷。這鍋咖哩是給爸爸的，所以是辣的。野野子，有沒有立刻能吃的東西可以給小凜？」

野野子打開櫥櫃，拿出玉米片，淋上牛奶，端給凜太，然後播放事先錄好的卡通片。凜太坐在電視機前，乖乖地吃起玉米片。

智惠盯著在廚房泡茶的野野子。野野子不知是否沒發現婆婆在看她，面無表情地做事，頭都沒抬起來。她的眼下有明顯的黑眼圈，一綹髮絲散落在凹陷的臉上。

智惠頓時想到「遲鈍」一詞。她總是用帶有「平庸」含意的「溫吞」一詞來形容野野子，如今她才發現自己想說的其實是「遲鈍」。她每次見到野野子都有辰彥在場，對她來說野野子就像是辰彥的附屬品，所以她至今都沒有正視過野野子的遲鈍。

如今兩人隔著餐桌而坐，智惠對野野子更覺得厭煩。

為什麼她沒有立刻告訴我們辰彥的事？為什麼她在這種情況下還繼續工作？

為什麼她不向我們求助？為什麼她讓凜太吃玉米片當晚餐？為什麼？為什麼？為什麼？智惠滿腦子都是問號，她一點都不了解野野子。

野野子表情呆滯，看不出情緒，視線落在雙手捧著的茶杯。

「野野子。」

聽到婆婆的呼喊，野野子抬起目光，但眼神軟弱無力。

「請妳詳細地解釋一下，辰彥到底發生了什麼事？妳認識那個被殺死的女人嗎？」

野野子搖頭回答「不認識」，然後補了一句「但是」。

「但是我聽說她是辰彥的外遇對象。」

「不可能的。妳應該不會相信吧？」

野野子的視線又回到茶杯上。

「妳不會真的相信辰彥是殺了人才逃走吧？」

野野子沉默片刻，然後小聲回答「我不知道」。

智惠頓時腦袋發燙，氣得失去理智。

「開什麼玩笑！說什麼不知道！辰彥怎麼可能做出那種事！妳怎麼可以不相信他！」

智惠用眼角餘光看見凜太正轉頭望向她們，趕緊收起怒火。即使她能閉上嘴巴，瞪著野野子的銳利目光卻無法變得溫和。
「對不起。」
野野子低下頭去。
「妳今後打算怎麼辦？」
智惠意識到自己的聲音變得冷靜。
「今後……」野野子複誦著這句話，好一陣子沒再開口，她垂著眉梢，眼睛眨個不停，像是在思索。
「我不知道。可是凜太還小，我一定要想辦法撐下去。我必須賺錢養家，所以我打算繼續做現在的工作。」
「我不是在問妳這個！」
智惠勉強忍住的怒火又爆發了。
「我問的是辰彥的事。再這樣下去，他可能真的會被當成凶手……不對，警察已經把辰彥當成凶手了。這樣妳也無所謂嗎？妳什麼都不打算做嗎？妳應該要找到辰彥，想辦法證明他不是凶手才對吧？幫助辰彥可是妳的責任啊！」
智惠越說越覺得可悲。這個兒媳婦怎麼連這種事情都不懂？她氣到極點就變成了傷心，眼淚都快流出來了。
照理來說，妻子看到丈夫失蹤應該會拚命找他才對，而且丈夫被蒙上殺人嫌疑，身為妻子怎麼可能依然保持平常心？

「那我該怎麼做才好呢？」

那我，該怎麼做，才好呢。聽在智惠的耳中，這句話像是語音導覽之類的電子合成聲。

她一直深信兒子媳婦處得很好，因為她從來沒聽過辰彥說野野子的壞話，野野子對辰彥也看不出有什麼不滿之處。

可是，真的是這樣嗎？智惠不由得冒出這個疑問。辰彥愛護妻子是絕對錯不了的，但是野野子呢？她也一樣地愛護辰彥嗎？

事情都演變成這樣了，野野子為什麼不哭不叫？為什麼沒有陷入恐慌？為什麼沒有到處找辰彥？為什麼？為什麼？為什麼？疑惑再次排山倒海而來。

「辰彥是不是惹上什麼麻煩了？」

野野子搖頭回答「我沒聽說」。

「那他是不是有什麼煩惱？」

「我不知道。」

這個兒媳婦該不會打算拋棄辰彥吧？

「妳想得到他可能會去哪裡嗎？」「為什麼妳不知道事情會變成這樣？」「警察真的覺得辰彥是殺人凶手嗎？」

不管她問什麼，野野子都只是搖著頭喃喃回答「我不知道」。

「算了。」

智惠站了起來。

「妳告訴我，有哪些人和辰彥比較熟？」

「……我不知道。」

「啊？」

「對不起。」

「妳老是說不知道，妳不是辰彥的太太嗎？怎麼會什麼都不知道？」

野野子一再說著「對不起」。

智惠無言以對。氣憤、不屑、憂心、絕望，各種情感在心中席捲。無比混亂的她下定了決心。

我一定要保護辰彥。

過了一晚，智惠對野野子的生氣和失望絲毫沒有消滅。

她跟丈夫說了這件事，丈夫回答「可能是因為打擊太大而變得麻木吧」。

「聽說人在最痛苦的時候根本沒辦法思考任何事。」

智惠試著接受丈夫的意見。

喔，原來如此，她那種不帶任何情感的態度、那種恍惚的神情、問她什麼都只會回答「不知道」，原來是因為打擊太大，原來只是因為腦袋變得一片空白。智惠試著說服自己，但胸中的情緒還是越來越洶湧。

智惠以前和野野子相處時，辰彥都會在場。野野子這個兒媳婦乖巧又低調，雖然平庸卻很溫和，很適合「我們家媳婦」這種稱呼。但是智惠昨天單獨面對野野子時，卻覺得她高深莫測，完全看不出她在想什麼。真的如同丈夫所說，只是因為打擊太大嗎？

無論答案是哪一種，反正野野子都不可靠。早知如此，她當初應該反對他們結婚，應該說「還是找個更聰明活潑的女人比較好吧？」。辰彥向她介紹野野子時，她內心感到的失望就是身為母親的直覺。

事情會變成什麼樣子呢？智惠一想到這件事，腦海立刻浮出「冤罪」一詞，令她心臟猛然一顫。這個詞彙她看過很多次、聽過很多次，但每次都跟她無關。

她回想起過去的自己。

〈因殺人冤罪坐牢三十年〉、〈冤罪事件判決無罪開釋〉、〈律師團聲稱這是冤罪〉……

每次看到電視報紙提到冤罪，智惠就會皺起眉頭，懷疑地想「真的嗎？」。指紋、自白、目擊者、DNA、動機……有這麼多的證據，怎麼可能會是冤罪？這個人一定是凶手吧？

過往的想法刺痛了智惠的心。

如果一直找不到辰彥，他就會被當成殺人犯。不，就算找到他，或許也會被蒙上不實的罪名。

辰彥或許是因為這樣才逃走的。

智惠緊抓著自己的推測。

沒錯，一定是這樣，辰彥那麼聰明，他一定知道現在被警察抓到就會被當成殺人犯，所以才躲了起來。如果是這樣就好了。如果是這樣不知該有多好。

智惠無意識地站起來。紛亂的思緒開始急速運轉，讓她無法繼續靜靜坐著。桌上還擺著丈夫用過的餐具，麵包屑到處都是。

如果不是這樣呢？另一個比較冷靜的區塊鑽出了自己的聲音。如果辰彥真的是凶手呢？

無意識地繞著餐桌走的智惠頓時停下腳步。

她刻意說了一句「怎麼可能嘛」，但聲音聽起來軟弱無力，所以她又說了一次「怎麼可能嘛」。聽起來依然沒有她期望的那麼肯定。

如果辰彥真的是凶手呢？她苦澀地思考，很快就想出了答案。

如果辰彥殺了人，一定有天大的苦衷，或許是暫時陷入了精神錯亂，又或許是被逼到無路可走。她真想當面問問辰彥，真想抱緊他說「這太糟糕了，真可憐，沒事的」。

智惠想起了即將上小學的辰彥。辰彥小時候經常跌倒，他每次跌倒就會哭著伸出雙手，要媽媽抱抱。她整顆心都是無條件相信母愛的純潔兒子。

就算辰彥殺了人也無所謂，只要他活著就好了，只要他活著回來就好了。

智惠一字一頓，深切地這麼想著。但她立刻感到後悔，她覺得有這種想法就等於承認辰彥是殺人犯。

她連忙把那句「殺了人也無所謂」從腦海中抹去，用力地想著「只要他活著就好了，只要他活著回來就好了」。

警察正在找辰彥，但不是因為他失蹤了，而是因為他有殺人嫌疑。

智惠將筆記型電腦放在茶几上，打開電源，叫出搜尋引擎，輸入「失蹤人口」。搜尋結果列表有警察廳的網站、偵探事務所的網站，還有失蹤者的新聞報導，其中還有失蹤人口協尋團體的網站。

她點進去那個叫「北極星」的團體的網站，看見首頁貼著幾張大頭照，一旁註明姓名、年齡、性別、特徵、失蹤日期和狀況，還有家人和親戚的留言。失蹤者資料多達三頁，從小學五年級的女孩到九十七歲的老爺爺都有。有位二十歲的男性說要去找朋友之後就失蹤了。有位二十三歲的女性留下「我不想活了」的紙條就失蹤了。有位八十一歲的老太太在出門散步時失蹤了。有位四十歲的男性像平時一樣出門上班之後就失蹤了。

網頁上全是某天某刻突然消失的人。

家人朋友都懇切期盼失蹤的親友平安歸來。我們很擔心你。希望你還活著。希望你和我們聯絡。希望你平安無事。他們的留言都一樣老套，但這正是失去親友的人們如結晶般純粹的心願。

5

小峰朱里被殺害已經過了一週，百井辰彥依然下落不明。搜查之所以如此困難，主要是因為案發三天之後才被發現。因為不確定凶手逃走的日期時間，所以要調查監視畫面、找尋目擊者都得耗費不少工夫。

案發當晚，百井走到離家兩百公尺的地方，監視器拍到他走向自己家的身影。在那之後百井有沒有回家呢？他的太太野野子說他沒有回家，但她有沒有可能是在包庇丈夫呢？

電視和報紙當然都沒有公開百井辰彥的名字，連新聞網站、社群網站和網路留言板也一樣。因此，百井家附近並沒有出現媒體記者，太太野野子還是一如往常地過日子。

負責監視的警員說，野野子固定在上午八點半左右帶著兒子凜太走出家門，先帶凜太走路到托兒所，再搭電車到位於赤坂見附的公司上班。那是一間有二十多位員工的科技公司，野野子做的是網頁設計。她大概申請了減少工時，下午五點就離開公司去接凜太，然後一起回家。野野子至今接觸過的人只有百井辰彥的母親智惠。智惠在野野子回家之前走進他們的公寓，想必是有他們家的鑰匙。

「喔喔，就是這裡吧。」

三矢在一棟住商混合大樓前停下腳步。

岳斗和三矢來到了前林市。前林市位於北關東，從東京搭新幹線加上換車時間將近兩小時。三面環山，風又很大，所以體感溫度比東京還要低五度左右。

前林站外面的成排櫸樹左側是餐飲街，有很多住商混合大樓裡經營著居酒屋、酒吧、日式餐廳以及義大利餐廳。

他們要找的那間「ＹＯＹＯ」在五樓。電梯前的招牌上寫著「酒和小菜」。一個樓層總共有四間店。

現在剛過下午五點，五樓的店家都還沒亮起霓虹燈，但「ＹＯＹＯ」的鐵門已經拉開一半，店內亮著微弱的燈光。

三矢屈身鑽進鐵門，一邊說「晚安」一邊開門。

櫃檯裡有個女人。

「哎呀，不好意思，我們還沒開始營業喔。現在只能提供飲料，你們若不介意就請坐吧～」

那女人的語尾帶著一些鼻音。

她的頭髮綁得很鬆散，領口開得很低，乳溝一覽無遺。睫毛濃密又捲翹，在昏暗的光線中也能看出她的妝很濃。

她是百井野野子的母親乾瑤子，五十四歲，就算說她四十出頭也很有說服力。

岳斗心想，這對母女真是完全相反呢。

「妳是百井野野子太太的母親嗎？」

「哎呀，是那孩子介紹你們來的嗎？那你們是從東京來的？」

乾端出熱毛巾，愉快地說著「請坐請坐」。

「我們不是客人。我們想要問妳野野子太太的丈夫的事。」

「野野子的丈夫？」

乾有些訝異。

「是的，就是百井辰彥先生。」

沉默幾秒之後，乾指著自己說「……問我？」。

「那孩子的丈夫怎麼了？啊，難道是離婚了？你們是律師嗎？」

「野野子小姐沒有告訴妳嗎？」

岳斗覺得很奇怪。自己的丈夫失蹤了，而且還被警察列為凶殺案重要相關者到處搜索，照理來說她應該會去找母親商量或哭訴才對吧？

「告訴我什麼？離婚的事嗎？沒有啊。那孩子從小就不太多話，她大概是不想讓我擔心吧。」

「妳和野野子小姐平時很少聯絡嗎？」

「沒這回事~我們是朋友親子，感情好得很~我如果去東京，我們都會一起逛街購物、享受美食。不過野野子生孩子之後就很少回老家了，反正跑來這種鄉下地方也沒意思~」

「妳說的朋友親子是什麼意思？」

岳斗忍不住默默吐槽：你竟然是關心這個。他依然摸不透三矢會感到好奇的地方。朋友親子從字面上來看就是像朋友一般的親子，又沒什麼奇特的地方。

「朋友親子就是朋友親子嘛~」

乾笑著回答，如同在敷衍酒醉的客人。

「我就是想問妳那是什麼意思啊。」

看到三矢糾纏不休，乾似乎並不厭煩，反而覺得有趣，回答「這樣啊~男人一定不懂吧」，然後說句「失禮了」，點起一根菸。

「上了年紀之後，我們的關係彷彿從母女變成彼此熟悉的好朋友。因為認識很久了，所以對彼此都很了解，又因為是家人，所以能互相信任。現在的我可能比以前更喜歡自己的女兒。」

「是因為現在不用照顧她嗎？」

「啊，或許喔～我很討厭麻煩事。不過那孩子從小就很懂事，不太需要我操心……啊，對了，律師先生，你們專程跑來這裡，野野子和丈夫到底怎麼了？」

「我們不是律師，而是警察。」

三矢一邊說，一邊拿出警察手冊。

「警察？」乾露出驚訝的表情。

「百井辰彥先生目前下落不明。」

「下落不明？你是說他失蹤了？」

「妳想得到他可能會去哪裡嗎？」

「我不知道啦～」乾不加思索地回答。「我最後一次見到那孩子的丈夫……呃，是什麼時候啊？喔，對了對了，是凜太出生的時候，都快要兩年了。」

「那野野子太太和辰彥先生之間的關係怎麼樣？野野子太太有跟妳說過什麼嗎？」

「關係？應該不錯吧～我也不太清楚啦～」

「不太清楚？」

「她很少跟我提到這些事嘛。我從沒聽她抱怨過丈夫哪裡不好，所以他們的關係應該不錯吧～啊，她的丈夫為什麼失蹤呢？」

「我們也想知道。」

「他是不是侵占公款？還是對現在的生活感到厭倦？啊，我直接問那孩子好了。」

乾在菸灰缸裡把菸捻熄，拿起手機。三矢抓住時機，很乾脆地說「那我們先告辭了」。

他花兩個小時從東京跑來這裡，就是為了問這幾句話？岳斗一頭霧水。就算解釋成「不是為了問出什麼，而是為了消除其中一種猜測」，他還是難以釋懷。這點小事打通電話不就解決了嗎？

「我想去一個地方。」

走出住商混合大樓後，三矢說道。山中吹來的風搖曳著三矢微翹的瀏海。

「啊，好的。要去哪裡？」

三矢沒有回答，而是默默地抬手叫計程車。

竟然不理我。岳斗默默地抱怨。忿忿不平，鬱鬱寡歡，悶悶不樂。他現在想得到的疊字成語全都符合了他的心情。今天他又是只有問話，什麼都沒說，也沒有幫上任何忙，只是像個跟屁蟲一樣跟在三矢身後。如果三矢需要的是跟屁蟲，又不一定要找我⋯⋯就算不是人類也行啊，弄個人偶或布偶來就夠了。三矢一定覺得我很無能，所以什麼都不跟我討論，任何事都是自己一個人決定。岳斗對自己的輕視逐漸轉變成對三矢的埋怨。

計程車在藥局前方岔路進去的住宅區停下來。

三矢手上捧著在半路買來的花籃。岳斗心想三矢可能有熟人住在這附近，卻看見他把花籃擺在公寓的花壇前，對著地上合掌膜拜。那稍微駝背的背影讓岳斗想起他在案發現場合掌的事。三矢就像那次一樣，膜拜了一分多鐘才放下雙手。

這裡發生過意外事故嗎？三矢似乎看出岳斗的疑惑，轉頭說道：

「這裡以前是一片空地。」

他一邊說一邊指著公寓。

這是一棟適合家庭居住的兩層樓公寓，雖然不舊，但也不是新蓋的。三矢說的「以前」是多久以前呢？

「你不知道嗎？」

老樣子，岳斗還是搞不懂三矢問的是什麼，只能回答「是」。

「宇都宮連續殺人案。」

這件事岳斗倒是知道，那是發生在他國中時代的案件。他記得最清楚的不是有兩位女性被殺，而是凶手被抓到之後又從宇都宮警察署逃走。凶惡罪犯逃脫的事讓全國上下為之震驚。當時岳斗雖然住在仙台，媽媽還是不厭其煩地提醒他「要小心一點」。

前林市距離宇都宮七、八十公里，而且位於鄰縣，和宇都宮連續殺人案有什麼關係？

「你記得那個凶手嗎？」

岳斗被他這麼一問就慌了。凶手落網後，被查出他過去還殺害過另一位女性，最後被判了死刑。岳斗只知道他被處死了，卻不記得他的姓名和長相。

「他叫林龍一。」

三矢似乎看出岳斗不記得，就自己說出答案。

喔喔，對耶，那人就是叫林龍一。聽到名字之後，岳斗也想起了那人的外表。丹鳳眼，短短的金髮、身材魁梧，看起來像反派摔角手。

「那你應該也不記得有個國中剛畢業的少年死掉的事吧？」

三矢的語氣很平靜，但他細長的眼睛像是在責備這個新手刑警的無知。

「對不起。」

岳斗反射性地道歉。他不記得那椿連續殺人案的受害者之中有這麼一個少年。

「十五年前，有一位被誤認為林龍一的少年死在這裡。他為了躲警車，騎著腳踏車逃走，結果撞上了停在路邊的卡車。」

「對不起，我不知道。」

「田所先生幾歲了？」
「二十八。」
「十五年前你才十三歲呢。比死去的少年還小兩、三歲。」
「是的，對不起。」岳斗重複說著。他感覺自己每道歉一次，身體就會萎縮一些。
三矢在那件案子發生時大約二十五歲，那他應該已經當警察了。
「我真是搞不懂。」
三矢嘆氣似地說道。
「啊？搞不懂什麼？」
「為什麼那位少年會死呢？」
岳斗不知道那件意外，所以也不知道該做何反應。
「那件事發生在凌晨兩點左右。那位少年沒有被輔導員抓過，成績優秀，品行端正，他為什麼會在那種時間出門呢？他去了哪裡？做了什麼？或是打算做什麼？為什麼要逃走？」
「三矢先生當時負責調查那樁案件嗎？」
「我沒有參與調查，但是有些關聯。」
「怎樣的關聯？」
「我不知道。」

「啊？不知道？」

他說不知道有怎樣的關聯是什麼意思？岳斗聽得一頭霧水，只知道三矢是在談那位少年的事。

「我完全不理解那位少年當晚的行動。大家都說那只是青春期的孩子一時衝動溜出家門，騎著腳踏車閒晃，沒想到竟然有警車追過來，他一時緊張就逃走了。雖然我十五歲的時候不會做這種事，但這種情況並不是不可能。只是……」

三矢突然打住，輕輕點頭說「回去吧」，又坐進了在一旁等待的計程車。

岳斗很好奇那句「只是……」的後面是什麼，三矢卻遲遲不開口。三矢告訴司機的目的地不是前林站，而是「希望橋」。不到五分鐘，計程車就停在一座橫跨河流兩岸的橋邊。

河面大約三公尺寬，水流不算急。映出陰暗天空的水面搖曳著路燈形成的一條條橘光。兩岸都是長滿雜草的河堤。

三矢默默地走到橋上，在正中央停下來。他雙手放在欄杆上，眼神像是遙望著遠方。岳斗沿著他的視線望去，只看到沒有月亮的黑暗夜空。

「那是逃走的林龍一遭到逮捕不久前的事。」

三矢毫無前兆地說起了那樁案件。

「有人看到少年騎著腳踏車逃走。少年是從那邊過來的……」

三矢指著對岸。那邊是規劃整齊的住宅區，附近有幾棟像是工廠的建築物。

「聽說少年在橋的正中央停下腳踏車，從口袋裡掏出某物，丟到河裡。聽到警笛聲接近，少年就匆匆地騎腳踏車走了。」

「少年丟了什麼東西？」

「目擊者說沒有看到，只知道那東西小到可以握在手中。為了慎重起見，警方搜索過河底，結果找到一些令人在意的東西。是鑰匙。」

鑰匙……岳斗不自覺地複誦了一遍。

「兩支車鑰匙。因為那兩支鑰匙都很新，很有可能是少年丟的。當然，沒有證據能證明這一點。那位少年和林龍一無關，也沒有犯罪，而且林龍一已經抓到了，所以沒必要再去調查他丟到河裡的東西。可是，當時有個搜查員像我一樣充滿好奇心，他調查之後發現那兩支鑰匙的其中一支是少年父親公司車子的鑰匙。」

「咦？」

岳斗不禁望向三矢，他仍雙手按著欄杆看著遠方。

「而且連公司的人都不知道有這支備用鑰匙。另一支也是車鑰匙，但不知道車主是誰。」

當時少年是十五歲，還沒到達能開車的年齡。至於他會不會開車就是另一回事了。

「那兩支鑰匙真的是少年丟下去的嗎？」

岳斗問道。

「我已經說了沒有證據能證明這一點，但這種推測很合理。少年的父親經常開公司的車回家，也就是說，少年有很多機會偷打一支鑰匙。少年那一晚為什麼出門？他去了哪裡？為什麼要逃跑？除了這三個問題之外，又多了三個新的問題：他為什麼有父親公司車子的備用鑰匙？另一支車鑰匙是誰的？他為什麼要把鑰匙丟到河裡？」

三矢把手伸進口袋，然後朝著河流做出投擲動作。

「你怎麼想？」

三矢轉頭看著岳斗。他不像是在考岳斗，而是單純地想知道岳斗的答案。岳斗突然想到，三矢跑來前林市，表面上是要找百井野野子的母親，但他或許是為了追溯少年的足跡。

「他大概不想讓警察知道他有車子的備用鑰匙。」

岳斗小心翼翼地回答，三矢用眼神示意他說下去。

「也就是說，他如果不是已經用那車鑰匙做了什麼，就是正準備用那車鑰匙做什麼。可以想見，一定是違法的事。」

「譬如什麼事？」

「呃，這個嘛……想要偷走車上的某樣東西？」

岳斗勉強答出來了，卻覺得自己很沒用，只能想出這種誰都想得到的幼稚假設。

「聽說車上沒有任何值得偷的東西。很遺憾，能找到的資料只有這些，大概因為不是案件所以沒必要繼續調查吧。那位好奇的搜查員也沒辦法再多做些什麼了。」

「三矢先生，你為什麼這麼在意十五年前少年意外死亡的事？」

「因為我很好奇。」

三矢想都不想就回答。

「我就是問你為什麼嘛。」

如果少年是被謀殺，而凶手身分不明，岳斗還可以理解。但少年是為了逃離警車而撞上停在路邊的卡車，既沒有殺人凶手，而且這件事被視為意外，可見他的死因也沒有疑點，到底是什麼地方讓三矢感到好奇？

「為什麼……」三矢的表情像是在觀察某種陌生的東西，顯示出他不明白岳斗為什麼這樣問。

焦慮和自卑感揪緊了岳斗的心。

「因為我不明白他為什麼會死。」

「啊？」

他自己不是才剛說過，少年是撞上卡車才死掉的嗎？

「他為什麼會撞上卡車？為什麼看到警車就逃跑？我不知道造成他死亡的原因，因為不知道所以好奇。」

說完之後，三矢露出有些靦腆的微笑，垂低視線。

「雖然說得這麼冠冕堂皇，其實我本來都快忘記他的事了。雖然我很好奇，但我在這十五年裡並沒有調查過那件事。」

「現在才要開始調查嗎？」

其實岳斗想說的是「該不會現在才要開始調查吧」。

「應該不會吧。」

岳斗在心中默默附和「我想也是」。如果成立了搜查總部還有辦法，但前林市不屬於他們的管轄，而且這也不是案件。就算三矢是公認的怪人，也不可能事到如今還回頭調查十五年前完結的意外事件吧。

「說不定會等退休之後再調查。」

岳斗以為三矢是在開玩笑，但他的表情很認真。

「我有很多事想等退休之後再調查，因為這世上有太多事是我無法理解的。」

三矢一邊說，一邊把手從欄杆上抽走。

6

北極星的辦公室位於埼玉縣的一棟公寓，距離大宮站十分鐘路程。

百井智惠在七樓出了電梯，按下七〇五號房的門鈴。

北極星是協尋失蹤人口的社團法人，很多成員的家裡或親戚之中都有失蹤人口。智惠三天前在北極星的官方網站申請刊登尋人啟事，隔天就有人打電話來，邀請她去辦公室。

來應門的是一個胖女人，她看起來比智惠小十歲，所以大概五十歲左右。她穿著完全遮住屁股的深藍色T恤、牛仔褲，豐滿的臉頰上布滿黑斑。

「妳是百井太太吧？我們正在等妳，請進。」

和外表相反，她說起話來輕聲細語的。

智惠心想，這個人也有家人失蹤嗎？她或許和我一樣有孩子失蹤了。一想到這裡，智惠就很想握住她的手，向她訴說自己的擔憂和恐懼。

約五坪大的房間裡有三張擺著電腦的辦公桌，以及小小的會客沙發組。坐在沙發上等著智惠的是代表董事福永，網站上的資料說他以前當過埼玉縣的縣警。大約七十歲吧。

「勞煩妳大老遠跑來。」

福永站起來，深深鞠躬。

看到對方如此客氣，讓智惠有點想哭。她顫聲說道「請多指教」。

「我看過妳的申請了，妳的兒子百井辰彥下落不明，妳一定很擔心吧。我可以理解妳的難過。」

福永立刻進入正題，翻開她申請資料的列印紙。

「辰彥先生的失蹤時間是本月二十日星期五，他晚上七點多離開公司之後就不知去向了。是這樣沒錯吧？」

「是的。」

智惠聽警察說過，辰彥離開公司後還被死者住處附近的監視器拍到，但她沒有提到這件事。

「他之後都沒有打電話或傳訊息回來？」

「嗯嗯。」

「資料寫到辰彥先生有太太和兒子。他也沒有和太太聯絡嗎？」

「嗯嗯，沒有。」

「也沒有什麼糾紛或煩惱？」

「是的。」

胖女人端茶過來。她小聲地說著「打擾了」，又悄悄地走開了。

「他有沒有可能是離家出走？」

福永的視線離開了列印紙，筆直盯著智惠。大概是因為當過警察，他的眼神非常銳利。

「他應該不是離家出走。可是……」

「可是？」

「他或許陷入了想回來也不能回來的狀況。」

「妳的意思是？」

福永依然緊盯著智惠，疑惑地歪著腦袋。他的眼睛似乎稍微瞇起。

「沒有，我也不太確定。」

智惠垂下目光，默默想起了貼在北極星網站上的那些大頭照。多達三頁，某天突然消失的人們。她上網調查過，日本一年約有八萬人失蹤，但是絕大多數都會找到，只有大約兩千人依然下落不明。

「我冒昧問一句，警察是不是也在找他？」

智惠訝異地抬起頭。她一看到福永的眼神，就確信他一定知道那樁案件。

「最近在新宿區中井發生了二十幾歲的女性在自家公寓被殺死的案件，報導提到她有一位同事失蹤，警方正在搜索。案件和辰彥先生失蹤的時間吻合，辰彥先生該不會就是那位同事吧？」

「是的。」

智惠坦白地承認。

警察的確在找辰彥，但辰彥不是兇手，她沒必要隱瞞此事。

「辰彥不是兇手，這一定是有什麼誤會。我想辰彥可能覺得現在被警察找到就會被當成殺人兇手，所以才躲了起來。」

「那妳還要找他嗎？就算找到了，說不定會被當成殺人兇手喔？」

福永像是在試探智惠的決心。

「如果一直找不到辰彥，警察一定會認定辰彥是兇手的。」

「應該不會吧。」

是因為福永自己當過警察，所以才幫警察說話嗎？福永似乎看穿智惠對他的懷疑，又繼續說：

「不過找得到總是好過找不到。」

然後他說「請稍等一下」，起身離座。

智惠想起刊登在北極星網站上的一則案例。

因為母親指責兒子賴在家裡不工作，所以兒子衝出了家門，母親本以為兒子很快就會回來，結果兒子一週都沒回來，母親跑去報警，警察卻說若不是案件或意外事故就沒辦法調查，於是母親找上北極星，把兒子的照片名字等資料刊登在網站上。過了幾天，就有一位兒子的朋友提供消息說他一直住在鄰鎮的網咖，因為他對母親惡言相向，雖然想要回家卻又覺得沒臉回來。

看了那則案例，智惠覺得辰彥也有可能想回來卻回不來。在那則案例中，兒子的朋友沒有聯絡警察，而是聯絡北極星。照這樣看來，北極星或許能比警察更快找到辰彥。

福永回來了。

「我剛剛上網搜尋過，辰彥先生的名字尚未受到關注，照片也沒有被公開。如果我們網站把辰彥先生的資料刊出來，可能會有人發現他是警察正在找尋的凶殺案重要相關者，因為時間地點都和案件符合。」

「無所謂。」

智惠立刻回答，趁著自己還沒開始猶豫。

反正辰彥不是凶手，受到關注也無妨，一直躲下去才會惹人懷疑……不，不只會遭到懷疑，甚至會被認定是凶手。公開登上失蹤協尋網站，反而能證實辰彥的無辜。

智惠最擔心的是，如果繼續維持現狀，辰彥被當成了凶手，那她就再也見不到兒子了。她無從得知兒子的所在、兒子發生了什麼事，連他是生是死都不知道。

辰彥現在在做什麼呢？他正深受折磨嗎？覺得痛苦嗎？覺得難過嗎？他是不是在哭？是不是陷入了絕望？想到這些事，智惠的心都要碎了。她不敢相信世上竟有這麼可怕的事。這真是地獄。再這樣下去，我遲早會發瘋的。

「我知道了，那就刊登出來吧。」

「麻煩您了。」

智惠鞠躬說道。

「家人留言要怎麼寫呢？只刊登母親的話就好了嗎？不用刊登太太的話嗎？」

聽到這個問題，智惠想起了野野子那無精打采的臉孔。

她每天都會打電話給野野子，詢問辰彥有沒有跟她聯絡，警方搜查的情況如何，但野野子從未主動打來通知她。野野子在電話裡哭過好幾次，但智惠只覺得聽起來很假。智惠不了解野野子的心情。她真的擔心辰彥嗎？她真心期望辰彥平安歸來嗎？她若是真的在乎辰彥，為何什麼都不做？像在抓救命稻草似地跑去找北極星的應該是她，而不是身為婆婆的自己。

「只寫我的話就可以了。她打擊過大，現在還沒辦法正常思考。」

家人留言一欄寫了「什麼都不用擔心，沒事的，媽媽一定會保護你的。快點跟媽媽聯絡」。智惠越想表達自己對辰彥的心意，寫出來的話就越老套。

7

上網搜尋宇都宮連續殺人案，就會看到少年意外身亡的相關報導。每一則報導都很短，只寫了簡略的事實，少年的名字和學校都沒有公開。不過有幾個網路留言板和部落格還是提到了少年的名字。

那位少年叫水野大樹，剛從前林北中學校畢業，參加過劍道社。三矢說過那位少年成績優秀、品行端正，網路留言板也有人評論他「腦袋很聰明」、「很會讀書」，而且他考上的高中是市內最高分的學校。除了「很有人緣」、「很好相處」、「溫柔體貼」這些讚美之外，還有人批評他「可能偷過內衣」、「裝成好學生」、「雙面人」。

田所岳斗點進每一個網站，迅速瀏覽完，又點開下一個網站，但是沒人提到少年為什麼三更半夜跑出去，為什麼看到警車就逃走。

到了半夜十二點，刑事組織犯罪對策課的辦公桌前只剩岳斗一個人。三矢宣布解散之後，岳斗還沒回道場睡覺就先去自己的辦公桌。

「嗨。」背後有人叫道，岳斗回頭一看，是前輩池先生。

「辛苦了。」

「還好，阿三怎麼樣？」

池一邊拉開抽屜，一邊用調侃的語氣問道。

「阿三？」

「就是三矢啦，你們不是搭檔嗎？」

池拿出一包柿種，大概是要帶到道場配睡前酒的。

「您都叫三矢先生阿三嗎？」

「是啊，私底下啦。有時會叫帕斯卡，因為那傢伙瘦巴巴的，像一根會思考的蘆葦（註2）。不過他想的事都不會說出來就是了。」

池說完就笑了。

岳斗笑著回答「的確」。三矢老是裝模作樣，結果說出來的只有「我不知道」和「我很好奇」這兩句話。

「我先走啦。」

池抬手說道，正準備離開……

「啊，池先生。」

註2　十七世紀法國哲學家帕斯卡之《思想錄》：「人不過是自然界裡最脆弱的一根蘆葦，卻是一根會思考的蘆葦。」

「嗯？」

「您還記得十五年前的宇都宮連續殺人案嗎？」

「當然，那時我還被派去支援呢。」

池剛滿四十歲，所以他當時是二十五歲。

「不過我不是被派去調查殺人案，而是追捕逃跑的嫌犯。你當時幾歲？」

「十三歲。」

「真的假的？原來你比我小這麼多？所以咧，你為什麼問這件事？」

「聽說三矢先生和那樁案子有些關聯。」

「你不知道嗎？逃跑的林姓嫌犯就是被阿三抓到的。」

「咦？」

「林那個傢伙躲到東京去了，是當時還在地域課的阿三獨自一人逮住他的。」

「他是怎麼辦到的？」

池一回想就笑了。

「阿三比我小一歲，當時的他只是個菜鳥，和現在一樣怪就是了。別人問起這件事，他只說因為林龍一在那裡，所以就把他抓住了。」

岳斗可以想像年輕時的三矢若無其事說出這句話的模樣。

「就像被問到『為什麼要爬山』只回答『因為山在那裡』一樣嘛。」

「是啊。」

池拋著那包柿種，像是在丟沙包。

三矢在十五年前抓到了逃走的林姓嫌犯。他並沒有引以為傲，只是輕描淡寫地說「有點關聯」，這確實很符合他怪人的作風。一想到這裡，岳斗不知為何有些生氣。

早上的搜查會議提到，百井辰彥的名字和照片被公開在網路上，源頭是協尋失蹤人口的組織「北極星」的網站。該網站刊登百井的姓名及大頭照是把他視為失蹤人口，但還是有人從他的失蹤經過看出了他是凶殺案的重要相關者。只是消息還沒擴散出去，因為百井沒有在使用推特或ＩＧ那些社群網站，所以除了北極星公開的資料以外就沒有其他資訊了。

「我早就提醒過對方，可能會演變成這種結果。」

北極星的代表董事福永面色凝重地說道。

當過埼玉縣警、擁有豐富辦案經驗的福永知道三矢想問的問題，所以先一步說出來。

「申請人是百井辰彥的母親。她上週五在我們的網站留言，申請刊登失蹤者資料，前天星期一還親自來我們辦公室面談。我一聽百井先生的失蹤經過就知道他是凶殺案的重要相關者，我向她求證，她也承認了，不過她說百井先生絕對不是凶手。」

警界之中階級分明，輩分觀念嚴重到誇張的地步。有很多警察退休之後還會對年輕警察擺架子，福永已經算是很謙虛了。

「百井先生的太太沒有一起來嗎？」

「他母親是單獨過來的。」

「她有提到百井太太嗎？」

「沒說多少。」

福永把該告訴警察的事和不該說的事區分得很清楚，從他簡短的回答看得出來他很嚴謹地保護申請者的隱私。

「如果有人發現失蹤者，也有可能不是通知警察，而是直接通知北極星吧？」

「當然。」福永似乎知道三矢想說什麼。「假如有人發現了百井先生，也不能報警，畢竟他不是嫌犯，也不是通緝犯。只有百井先生和他的母親能決定該怎麼做。」

「你說得是。」

三矢很爽快地表示同意。

「反正警察什麼事都不會做嘛。」

有個聲音冷冷地傳來。

抬頭一看，有個胖女人端茶過來。她大概五十多歲，臉上有很多黑斑，嘴角下垂，看起來既不滿又悲傷。

「警察什麼事都不會做嗎？」

聽到三矢的問題，正要走開的胖女人停下腳步，面無表情地望著三矢。時間在沉默中溜走。

「警察什麼事都不會做嗎？」

三矢又以相同的語氣問了一次。

女人沉默了一會兒，才豁出去地說「是啊」。

「妳家裡也有人失蹤嗎？」

「是啊。」女人回答，然後又說「是我的未婚夫」。她嘟起的嘴吸了一口氣，像是給自己的信號。

「我有去報警，警察不但沒有認真調查，連聽都不肯認真聽，用一副瞧不起人的態度說『他是故意消失的吧』。只要沒有出人命，警察根本什麼都不想管。」

她用喃喃自語的音量迅速說完，就乾脆地走掉了。

「我自己當過警察，兩邊的立場我都可以理解，所以有時也覺得很無奈。幾乎所有失蹤者的家屬都拜託過警察找人，但警察很少真的會去找。坦白說，有很多人不信任警察。」

福永嘆氣似地說道。

8

媽媽，救我。

黑暗之中清楚地傳出這句話。

雖然感覺自己在叫，卻不知道是不是真的發出了聲音。

「辰彥！」

百井智惠睜開眼睛。

心跳快到幾乎衝破胸口，全身都是冷汗，呼吸急促，耳膜還刻劃著辰彥的聲音。

她躺在沙發上，眼前是白色的天花板。柔和的陽光從落地窗照進來，把淡淡的陰影打在天花板的角落和燈具的周圍。她突然想到，現在幾點了？但是好像有一股巨大的力量壓在她身上，令她無法隨心移動。

智惠記得自己睡了午覺，卻不記得自己何時躺在沙發上。她試著搜索回憶，終於想起自己是突然感到暈眩才倒在沙發上。

上午北極星的福永打電話來。

他說北極星接到一通匿名電話，對方聲稱辰彥最後一次被人看到並不是離開公司的時候，而是在回家途中被監視器拍到。

智惠並非存心欺騙福永，只是不希望他懷疑辰彥是殺人犯，所以沒有主動提起。智惠正打算道歉，福永卻說出令她意想不到的事。

辰彥是被自己家附近的監視器拍到的。

福永接著說，當時大約晚上九點二十分。打電話來的是女人，福永猜她可能是被警察問過話、和辰彥住在同一棟公寓或是附近的鄰居。

智惠聽警察說過，案發當晚，凶殺案現場附近的監視器拍到辰彥往返的身影。她以為那是辰彥最後一次被發現，原來不是這樣，後來辰彥打算回家，但他並沒有到家，他在快要到家的時候突然消失了。

為什麼警察沒有告訴我這件事？難道警察懷疑我藏匿了辰彥嗎？那野野子呢？警察也沒有告訴她嗎？既然連鄰居都知道了，野野子一定也有所耳聞吧？她是因為有什麼顧慮才不告訴我嗎？

她想著想著，就覺得越來越暈眩。

仔細想想，自從聽說辰彥行蹤不明，她沒有一天睡得好，整天情緒都很亢奮，心想非得找到辰彥不可、非得幫助辰彥不可，晚上一躺上床又不斷想到最壞的情況，每當快要睡著又會突然驚醒，就這樣反反覆覆直到天亮。

可是今天怎麼會突然想睡呢？

她並沒有打算睡很久，應該說她一點都不想睡。當時她彷彿掉進了深深的洞穴，或是落入了其他次元，總之是一片黑暗的空間。

——媽媽，救我。

辰彥的聲音在她的意識中呼喚著。

她只能聽見聲音，卻看不到人。不，不是這樣，不是她看不到，而是辰彥已經失去了形體。

彷彿被推下絕望的深淵，她如此確信。這一瞬間，躺在沙發上的身體突然充滿力氣，智惠跳了起來。

——媽媽，救我。

聲音很清晰，但卻沒有迫切的感覺，反而像是漸漸放棄了希望。

身體逐漸冰冷，視野慢慢變暗。

智惠安撫著自己說，這很正常，因為我太擔心辰彥，因為我整顆心想的都是辰彥，所以才會作這種夢。

但她心中的另一個部分卻想著：我聽到那個聲音不是在作夢。

就是這個監視器嗎？

智惠抬頭看著貼有「錄影中」的電線杆，那漆黑的鏡頭也低頭看著她。

辰彥的公寓距離此處不遠，就在前方兩百公尺的右手邊。

聽福永說，打電話提供情報的人可能是跟辰彥住在同一棟公寓或是附近的鄰居。

智惠前方有兩人牽著手走路，似乎是一對母女。母親有一頭染成金色的半長髮，女兒大概三、四歲，她們的背影明確地透露出幸福快樂。智惠看見她們走進辰彥住的公寓，急忙追了上去。

「不好意思，我有事情想請教一下。」

那位母親回過頭來，她像年輕人一樣穿著運動衫、運動褲，不過應該有四十多歲了。她正站在一〇一號房的門前，右手拿著鑰匙。看來她是住在辰彥家正下方的鄰居。

「我是二〇一號房的百井辰彥的母親。」

「咦？」

看她又驚訝又好奇的表情，智惠心想她一定知道辰彥的狀況。

「警察有來找妳問過我兒子的事嗎？」

「是啊。」

「警察問了什麼？」

「問了什麼啊……就是問我有沒有看見百井先生啊。聽說他和某個案件有關，現在下落不明。」

女人回答的時候露出了興致盎然的表情。

打匿名電話到北極星的是這個女人嗎？智惠不禁懷疑，但現在糾結那件事也沒有意義。

「最近我兒媳婦有沒有什麼不對勁的地方？」

智惠說出了最想問的問題。

「兒媳婦？你說百井太太啊？」

「是啊，譬如她是不是和我兒子吵架了……」

智惠突然停了下來。

她本來想問兒媳婦是不是有其他男人，是不是搬了大批行李出去，話已經到了喉嚨，但她的身體卻極力抗拒把話說出來。那些念頭至今只是智惠心中的妄想，但她覺得一旦說出來，就會變成真的了。

「我和百井太太會去同一家托兒所，不過我們很少聊到私事。」

女人又問「百井太太和案件也有關嗎？」，眼睛閃閃發亮。

這就是現實嗎？智惠深受衝擊，如同被一隻巨大的手拍得粉碎。讓她如此痛苦折磨悲嘆、如地獄般的現實，對別人來說只不過是排解煩悶的生活調劑。

「呃，沒什麼。告辭了。」

智惠丟下這句話，逃跑似地爬上樓梯。

她用備用鑰匙打開了二〇一號房的大門。

鼻子聞到的是別人家的味道。

智惠心中一驚。她來過辰彥家很多次，但從來沒有聞過這種味道。彷彿有一股沉默的壓力從四面八方湧來，提醒著她「這不是妳的地方」。

智惠打量著亂糟糟的客廳。

餐桌上放著可能是凜太用過的餐碗、盛著潰爛草莓的盤子、用過的湯匙和叉子、沒喝完的牛奶、麵包的塑膠袋。水槽裡雜亂地堆著用過的鍋子和餐具，地上到處散落著凜太的玩具，沙發上還堆著衣服，不知是穿過的還是乾淨的。對了，她上次用備用鑰匙開門進來時也覺得屋子比以前亂，那大概是一週前的事。

辰彥失蹤後，野野子就變得這麼懶散嗎？簡直像是認定了辰彥不會再回來。

耳鳴轟然作響，她好像又快昏倒了。

智惠走到浴室，仔細檢查地板、牆壁、浴缸、蓮蓬頭、水龍頭、排水口。到處都看不到血跡，也沒有任何不自然之處，但她並沒有因此感到心安。

她離開浴室，走進廚房，從流理臺下方拿出三把菜刀，仔細端詳銀色的刀刃。

她想起自己上次不知不覺煮起咖哩的事，很想放聲大叫。

我想太多了，冷靜點。智惠在腦海中的一角死命地勸告自己，但她失控的思緒還是停不下來。保險金一詞突然浮現在她的腦海。辰彥是不是被投保了高額的壽險？

智惠打開客廳的櫃子，裡面有原子筆、印泥、皮尺、宅配送貨單、托兒所的文件、醫院的就診單。沒有看到保險單。

聽到有腳步聲從門口走來，智惠還是沒有停止翻找。

「奶奶！」

她正在翻餐具櫃的時候，稚嫩的聲音傳來。

「媽媽，怎麼了？」

野野子肩上掛著沉重的托特包，手上提著便利商店的塑膠袋。

「辰彥在哪裡？」

「啊？」

「辰彥到底在哪裡？」

智惠心底比較冷靜的那部分想著：我在說什麼啊？

野野子沉默片刻，回答「現在還不知道，警察也沒有再跟我聯絡」。

她的一切看在智惠的眼中都像是演出來的，包括那裝傻的回答、可憐兮兮的表情，就連壓在她那瘦小身軀上的悲傷和疲憊也是。

「奶奶！奶奶！」

凜太拉著智惠的褲子。她忍不住低頭望去，凜太說著「給奶奶！」，那攤開的小手裡有一顆橡子。

「給奶奶！給奶奶！」

凜太笑容滿面，拿著橡子的手朝智惠伸出。那烏黑眼睛閃爍著天真的光輝，張開的嘴巴露出小小的牙齒和粉紅色的舌頭。

智惠回過神來，在她心中激烈席捲的黑霧逐漸散去，她緩緩吸氣、吐出，覺得自己好不容易又能呼吸了。

不要心急。她勸告著自己。不可以妄下結論，辰彥一定還活著。

智惠彷彿要阻絕至今依然能聽見的那句「媽媽，救我」，笑著說「謝謝你，小凜，奶奶會好好珍惜的」，伸手接過橡子。

她再次打量屋內，用恢復冷靜的目光檢查有沒有任何可疑的地方。

「啊，對不起，弄得這麼亂。」

野野子說道，像是現在才注意到。

「這也太亂了，妳是怎麼搞的？辰彥回來看到這種情況一定會嚇到的。」

智惠本來想說笑，但她知道自己的聲音含著怒氣。

她轉身背對野野子，正要收拾沙發上的衣服，突然看到垃圾桶裡有個深藍色的東西。

智惠望向野野子，她正帶著凜太走向洗臉臺。

智惠撿起垃圾桶裡的藍色物體，發現那是一塊碎布，光澤亮麗的藍色碎布，上面還有青色和水藍色的圓點圖案。不對，仔細一看那不是圓點，而是心形。智惠又看看垃圾桶，裡面還有幾塊相同圖案的碎布。

這不是辰彥的領帶嗎？是用剪刀剪碎的嗎？

智惠頓時全身冰涼，意識彷彿隨著空氣從身上的洞漸漸流出去。她努力地抓牢快要昏厥的意識。

辰彥的領帶為什麼會被剪碎？為什麼會被丟到垃圾桶？

智惠撿起垃圾桶裡的領帶碎片，迅速收進褲子口袋。

聽說辰彥的女同事是被條狀物勒死的。領帶不也是條狀物嗎？這條領帶是不是勒過那女人的脖子？還是辰彥的脖子……

「媽媽，對不起。」

聲音從背後傳來，把她嚇了一跳。

「我現在就收拾，請妳不要動手。」

她是不是擔心丟掉領帶的事會被我發現？

「我知道了。」

智惠故作鎮定，望向野野子。

她看起來像一尊真實比例的人偶。眼睛鼻子嘴巴都顯得平板又模糊，看不出有什麼心思。智惠覺得自己正面對著一個摸不透的東西。

我們家媳婦是這種女人嗎？一想到這裡，她就忍不住顫抖。

那條領帶是怎麼回事？

這句話她實在問不出口。

9

田所岳斗在偶然路過的中餐廳吃了拉麵炒飯套餐，然後又去咖啡廳，此刻正在喝第二杯咖啡。

今天他們去找百井辰彥高中時代的朋友問話，不出所料，沒有問出任何有用的資訊，岳斗正在思索接下來該怎麼辦，三矢丟下一句「我有點事得去處理」就走了，至今已過三個小時。三矢臨走時補了一句「我會再跟你聯絡」，不知道他是還沒忙完，還是根本把岳斗給忘了。

算了，反正我只是個可有可無的人。岳斗一邊喝著變冷的咖啡，一邊自嘲地想著。

和三矢搭檔之後，岳斗所剩不多的自信更是不斷降低。雖然三矢不會罵他，但他總覺得三矢一直在默默批評他無能。

岳斗嘆了一口氣，觀察店裡的情況，看到的都是上班族，他們不是在滑手機就是在打電腦，有人在聊天，有人在開會。他們都和他一樣穿西裝打領帶，看起來卻像截然不同的人。

窗外瀰漫著黃昏的氣氛。岳斗想了一下，決定打電話給三矢，但只聽到響個不停的鈴聲。

三矢到底要辦什麼事？不方便讓我一起去嗎？既然如此，應該跟案件無關吧？一想到這裡，他就意識到，把時間耗在案件以外的人明明就是悶悶不樂地喝咖啡的自己，頓時想要抱頭大叫。

後來岳斗也沒聯絡到三矢，就回到了搜查總部。

現在已經是晚上六點，回來的搜查員很少。

「喂，你被阿三丟下啦？」

池對他說道。

「您怎麼知道？」

「他剛才帶了證據回來。」

「咦？證據？三矢先生回來了？」

「是啊，不過又立刻出去了。」

「什麼證據？」

「怎麼？你不知道嗎？是領帶，剪碎的領帶。說不定中大獎了。」

凶器既然是條狀物，說不定就是領帶。

三矢先生竟然沒告訴我這麼重要的情報？岳斗的腦袋頓時發熱，幾乎沸騰。

「當怪人真好啊，都可以為所欲為。」

岳斗不高興地說道。

「是啊，不過阿三不只是個怪人。赤坂警察署的前任署長好像是他的舅舅，雖然兩、三年前已經退休了。」

「原來他還有後臺，那真是所向無敵了。」

岳斗反射性地回答，說完又擔心自己說得太大聲，急忙四處張望，還好沒看到令他擔心的人。

剛走出搜查總部，就有人對他說：

「怎麼啦？很辛苦嗎？」

這老邁的聲音是出自地域課的加賀山。

一頭白髮剃成小平頭，晒得黝黑的臉上布滿皺紋。他兩年內就要退休了。岳斗在警校時代的職場實習是加賀山負責帶的，後來加賀山一直都很照顧他。岳斗知道加賀山被派來支援搜查總部的事，說不定還是主動要求參與的。

岳斗知道加賀山聽到了他和池的對話，不禁感到羞赧。他有時會覺得，和自己爸爸同年的加賀山彷彿看穿了他的一切。

「這是你第一次加入搜查總部，當然會很辛苦。」

聽到加賀山這句話，岳斗心想「我是不是在硬撐呢？」。

「請我喝罐咖啡吧。」

加賀山的語氣變得溫和了一些。

「要我請客？」

「單身的人手頭應該比較鬆吧。」

「您應該知道我的月薪有多低吧？」

加賀山特別喜歡一樓的自動販賣機，岳斗就跟他一起走下樓。加賀山的腳步慢得很不自然，岳斗發覺他好像有話要說。

「三矢怎麼樣？」

加賀山如此問道。

「什麼怎麼樣……」

岳斗不知道該怎麼回答。加賀山繼續追問：

「你覺得跟不上他嗎？還是很厭煩？還是生氣？」

岳斗更答不出來了。

「畢竟那傢伙很中二。」

他指的是中二病（註3）嗎？三矢確實是我行我素、不好相處，但不像中二病的人那麼自戀。

「中二？」

「他的心智一直停留在中二。」

「這是什麼意思？」

「在他中二的那一年，他的母親被殺死了。」

岳斗本想發出驚呼，聲音卻卡在喉嚨裡。

「凶手好像是他母親的男友。」

「咦！」這次他喊了出來。

「他父親在他很小的時候就病死了，他一直跟母親兩人相依為命。他母親的男友好像是公務員吧，總之是個正經的人，和三矢也挺親近的，還會三人一起去旅行、一起出去吃飯，感情好得像是一家人。事實上他母親和男友的確有打算結婚，結果他母親卻被殺死了。她胸口被刺傷，死在自己家中。」

「為什麼……」

註3　日本的網路用語，指的是像國中二年級的青春期少年一樣自以為是、喜歡沉溺於幻想情節。

「之所以能確定凶手是母親的男友，是因為現場遺留的東西和目擊者的證詞。沒過多久，那男人就被發現吊死在山上。三矢一直堅持不可能有這種事，說那個人不可能殺死他母親，凶手一定另有其人。有充分的證據可以證明是那個男人殺死他母親，只是不知道動機。三矢要求警方查出他母親為什麼會死，說這樣或許能找出真凶。」

——我不知道造成他死亡的原因，因為不知道所以好奇。

岳斗想起三矢說過的話。

他們去前林市找百井野野子的母親問話那天，三矢在希望橋上這麼說過。

——因為我不明白他為什麼會死。

三矢說的「他」，指的是十五年前被警車追逐而死去的少年。

「我要低糖的。」

加賀山在自動販賣機前說道，一邊用眼神示意岳斗快點投幣。

罐裝咖啡喀啦喀啦地落下，加賀山一邊彎腰取出，一邊輕鬆地說著「你剛才聽池說了赤坂警察署的前署長是三矢的舅舅吧？」。

「是啊。」岳斗回答時又想起自己說的「原來他還有後臺，那真是所向無敵了」，頓時覺得無地自容。

「在那樁案件之後，三矢就被舅舅領養了。不過大家會這麼容忍他的我行我素，並不只是因為他有後臺。你知道三矢為什麼才二十五歲就能進入警視廳搜查一課嗎？」

「不知道。」

「十五年前，有個殺人案嫌犯從宇都宮警察署逃走了。」

「喔喔，我知道這件事。聽說抓到那個嫌犯的就是三矢先生。」

「原來你知道啊？」

「聽說三矢先生當時是地域課的。他還說因為林龍一在那裡，所以就把他抓住了。」

岳斗想起了池告訴他的事，笑著說道。

「那裡可是新宿站東門的派出所喔。」加賀山一臉嚴肅地說。「外面根本是人山人海，而且嫌犯還是走在對面的人行道。」

岳斗愕然地想著「怎麼可能」。新宿站東門派出所和對面的人行道之間隔著圓環和四線道馬路，而且整天都是車水馬龍，他怎麼可能一眼就認出嫌犯？

「有傳聞說，三矢可能有瞬間記憶的能力，還可以在腦袋裡調整成特寫或拉近焦距。」

瞬間記憶又稱為照相記憶或眼睛照相機（camera eyes），意思是把看到的影像或畫面牢牢記下來的能力。這種能力經常出現在學者症候群的患者身上，學生在苦讀的時候都會很渴望擁有這種能力。
「有人說，瞬間記憶不是特殊能力，而是每個人都有的。」
「是這樣嗎？」
「你有沒有聽過，有些小孩擁有出生之前的記憶？」
「喔喔，聽過啊。」
岳斗回答時還忍不住露出苦笑。
聽說有些孩子會記得在媽媽肚子裡的情景，有的還記得在天上挑選母親的事，有的甚至能說出前世的記憶，但岳斗只覺得那是都市傳說。
「有的孩子還會說沒去過的國家的語言呢。」
「您不會真的相信那種事吧？」
岳斗按下奶茶的按鈕。上面明明寫著微甜，一喝卻發現甜到舌頭幾乎融化。
「有人說，每個人都擁有出生前的記憶，只是長大之後就漸漸遺忘了。」
真沒想到加賀山先生會相信這麼不科學的事。
「聽說瞬間記憶也一樣，大多數人的瞬間記憶在青春期之前就會消失了。」
「喔……」岳斗本想隨口附和，但「青春期」一詞引起了他的注意。三矢的母親是在他國二的時候被殺死的。
「發現三矢母親遺體的人是……」

岳斗沒有說出整句話，但加賀山還是聽懂了。他咕嚕嚥下咖啡，簡潔地回答「嗯嗯」。

三矢是自己母親被殺的案件的第一發現者。

染血的身軀、滿地的血跡、注視著虛空的眼睛、慘白的臉龐、癱在地上的手腳、世界崩毀的瞬間、終結了日常生活的景象。當時三矢看見的畫面既不會褪色也不會模糊，永遠都鮮明得像是停留在眼前。

那簡直是地獄啊。岳斗心想。換成是我一定會崩潰的。是這個經驗使得三矢的瞬間記憶一直保留下來嗎？

「您為什麼會知道三矢先生這些事？」

「和我差不多年紀的人都知道。而且我和青江一直都挺要好的。」

青江是赤坂警察署的前署長、三矢的舅舅。

「所以當我聽到三矢進了警視廳，就有一種為人長輩的心情，心想『當時的孩子已經當了警察啊』。」

或許三矢至今依然認為殺死他母親的凶手不是母親的男友。他是不是還在調查母親會死的理由，以及凶手殺害他母親的理由呢？

「關於案件的事……」

依照聊天的脈絡，岳斗還以為加賀山說的是三矢母親被殺的案件，結果卻不是。

「大家都說百井那傢伙可能已經死了。」

搜查總部確實有這種傳聞，岳斗也覺得很有可能。百井辰彥和受害者的手機都沒有找到，他們的手機都沒有開機，所以無法靠衛星定位找到。如果百井已經自殺身亡，那受害者小峰朱里被殺害的理由就會永遠被埋藏在黑暗中了。

搜查總部的案件描述寫道，從凶手先用受害者家中擺飾打傷其頭部、再用條狀物勒脖子的手法，可以推測是由分手糾紛引發的衝動犯罪，但也不能完全排除預謀犯罪的可能性。

想到這裡，岳斗突然想起領帶的事。聽說三矢剛剛送來了剪碎的領帶。那是不是凶器呢？他是在哪裡找到那個東西的？

10

「嘿，警察又來了耶。沒事吧？」

聽到母親的話，百井野野子的心跳幾乎停止。

她三個月沒見母親了，今天她們依然約在池袋的百貨公司裡的咖啡廳。野野子準時到達星期日人滿為患的咖啡廳，發現母親已經蹺著腳坐在客席喝咖啡了。「好久不見啦～」母親笑著揮手，等野野子坐下，她就把臉貼近，說出警察又找上門的事。

「又來了？什麼時候？」

野野子知道大約一週前有兩位刑警去了母親在前林市經營的小酒吧。

「聽說妳老公失蹤了，真的嗎？剛剛有警察跑來店裡，問我知不知道妳老公去哪了，我怎麼可能知道嘛。到底發生了什麼事？妳怎麼都沒跟我說？」

母親在電話裡說得像連珠炮似的，好像不知道警察找辰彥是因為把他當成案件的重要相關者。野野子不加思索地回答「我也不知道，他說要出差，然後就消失了」。

「那是前天的事。上次有兩個人，這次只來了一個人。是比較帥的那個。雖然我喜歡他的臉，但我一看就知道他不懂女人。現在好像不該聊這種事，不好意思唷～」

母親從包包裡拿出香菸，然後又抱怨著「啊，這裡不能抽菸。到處都在禁菸，真麻煩」，把菸放了回去。

「前天警察為什麼去找妳？」

「我才想知道咧。妳老公已經失蹤半個月了吧？他到底去哪了？妳想得到哪些原因？是侵占公款，還是跟女人跑了？」

「不知道。」野野子回答得很簡潔。

警察為什麼又去找她母親？警察問了她母親什麼事？母親又是怎麼回答的？野野子正想發問，母親卻先開口說：

「不過呢～如果只是一般的失蹤事件，警察應該不會找得這麼勤吧？」

聽到這句話，野野子的心揪了起來。

「雖然這樣說會讓妳難過，但我還是覺得他是侵占公款啦～如果他真的做了這種事，妳可不要幫他還錢喔～看妳這樣呆頭呆腦的，我真擔心妳會被人哄著蓋章。如果有什麼情況，要立刻跟我聯絡喔。」

「嗯，我知道了。對了，前天警察問了妳什麼？」

「跟上次一樣，問我知不知道妳老公去哪了……唔，然後就沒說什麼重要的事了，比較像是在閒聊。」

「閒聊？」

警察花了兩個小時到前林市，不可能只是為了找她母親閒聊吧？

「像是問我認不認識某人，前林市以前發生過怎樣的事……之類的。」

「他問的是誰？」

「不認識。我連名字都記不住。」

母親冷淡地回答，又喝了一口咖啡，喃喃說著「唉，好想抽菸啊」。

她的神情很自然，但野野子覺得她是刻意裝出來的。真的嗎？她真的不記得警察問了誰的事嗎？野野子的心跳逐漸加速。

「那警察說以前發生過什麼事？」

野野子也裝出一副滿不在乎的態度。

「就是那個啦，在妳國中畢業的時候，有個男孩子被當成殺人犯而死掉了。」

水野大樹。野野子想起這個名字，隨即感到椎心之痛。

「呃……他叫什麼來著？我明明聽警察說過……」

「是水野吧。水野大樹。」說出這個名字更令她心痛。「為什麼警察要問那麼久以前的事？」

「沒什麼理由啦。警察問妳是哪間國中畢業的，我說是前林北中，他就說跟水野大樹一樣呢。他又問，你們兩人同年齡，是不是也同班？我記得妳跟那男孩子是同班同學，對吧？」

「是啊。」

「他還問我，有沒有聽妳說過那男孩子的事。為什麼他會對那麼久以前的事有興趣啊？妳還記得吧，當年……」

母親突然停了下來，慢慢撐著臉頰。她似乎想起某些懷念的事，眨了眨戴著假睫毛的眼睛。

「當年發生了很多事呢。」

她一臉戲謔地輕聲說道，用一種共享祕密的眼神看著野野子。

野野子意識到母親指的是什麼事，不禁屏息。她感覺呼吸困難，全身血液漸漸往下流。

母親揚起嘴角，眼中浮現別有深意的神色。她的表情就像在暗示「不用我說妳也知道吧？」。

——當年發生了很多事呢。

她知道母親說的「很多事」是指什麼，但是她們共享的「很多事」並非包含了一切。就像野野子有事瞞著母親一樣，母親應該也有事瞞著女兒。

母親說的「很多事」，就是亮走進她們生活以後的事。當時野野子是國中三年級，她的父親過世三年了。

野野子從小就知道自己的父親不是戶籍上的父親。他每個月只會來她們家一、兩次，他的話很少，表面上很溫柔，和女兒卻很疏遠，所以她聽說父親過世，也不覺得生活會有任何改變。

不過確實有一件事改變了。她們丟下了所有東西，從大樓搬進一間舊公寓。公寓裡有廚房，還有一間和室，但溼氣很重，還帶著淡淡的霉味。母親的好心情消失了，掛在臉上的笑容變成了厭煩的表情，笑聲變成了罵人的聲音。

「媽媽，對不起，我要繳校外教學的錢。」

每次提到錢的事，母親的心情就會變差。她誇張地嘆了口氣，叨念著「我辛辛苦苦地賺錢，全都被妳光花了」、「唉，真不該生孩子的」。後來母親開始做晚上的工作，老是到天亮才醉醺醺地回家，所以家裡經常空蕩蕩的。

野野子本來以為是貧窮改變了母親，直到亮走入她們的生活，她才知道改變母親的是絕望。

「這是阿亮，這是我女兒野野子。」

母親介紹他們兩人認識時看起來很開心，眼睛和皮膚都閃爍著光輝，可愛得像個少女。自從父親死後，野野子從來沒看過母親笑得這麼歡欣。雖然母親之前也有過男人，但野野子知道這人跟母親是認真交往的。亮不像她已死的父親那麼有錢，但母親還是很幸福。

「嘿，妳覺得阿亮這個人怎麼樣？」

有一天，母親靦腆地這麼問野野子。

「他人挺好的。」

亮沒有把野野子視為電燈泡，反而把她當成小妹妹一樣疼愛，經常「小野野、小野野」地叫她。

「我可能會和阿亮結婚喔。」

野野子也猜得到會是這樣。

自從母親向她介紹亮以來已經過了半年，亮每週來她家三、四次，經常跟她們母女倆同桌吃飯、一起看電視、一起出門購物，就像是一家人。亮在二十四小時營業的運動俱樂部上大夜班，經常在早上八點下班之後來她們家，這是野野子正準備上學、母親正在睡覺的時候。亮會用備用鑰匙開門，笑著對野野子小聲地說「早安」，然後悄悄拉開紙門，對正在睡覺的母親低聲說「我回來了」。

「我們結婚之後，生活會比較寬裕，到時妳也會過得更舒服一點。」

母親如此說著，對野野子露出微笑。

野野子不期望過得多舒服，但她很高興能看到母親的笑容，一邊回答著「謝謝」。

那天是高中放榜的日子。

野野子沒有考私立學校，而是專攻公立高中。她考的是比較低分的學校，上榜是理所當然的，所以母親和亮幫她慶祝比上榜更讓她開心。看到擺在小矮桌上的壽司和比薩，讓她覺得自己在母親和亮的眼中是很重要的。

「那是『Clover』的蛋糕嗎？」

野野子忍不住問道。

亮從冰箱裡拿出的蛋糕盒印著鮮豔的四葉苜蓿。

「是啊，為了慶祝小野野考上高中，就狠下心買了。」

「謝謝！」

車站對面的Clover是無人不知的高級蛋糕店，Clover的蛋糕在野野子的眼中就代表著幸福。她一直很想吃吃看，又沮喪地覺得自己或許一輩子都吃不起。野野子滿心喜悅地想著：對耶，現在的我確實很幸福。

「一小片蛋糕竟然要五百圓，真是不敢相信。」

微醺的母親嘴上抱怨，但心情還是很好，她像唱歌似地說「那我的蛋糕也給妳吃吧」。

Clover的蛋糕好吃到不像真的，純白的鮮奶油蓬鬆又滑膩，一放進口中就如魔法一般融化，只留下奢侈的甘甜。野野子心想，就像是吃下了幻覺一樣。

坐在小矮桌對面的母親笑著說「年輕真好，我才吃不下兩個蛋糕呢」，亮幫她倒了酒，說「瑤子不愛吃蛋糕，而是愛喝酒」。「再喝下去就沒辦法去工作了啦。」母親撒嬌似地說道，亮也打趣地說「那妳就別去了」。

我現在說不定是全世界最幸福的人。野野子如此想著，嘴角不自覺地上揚，心底也暖呼呼的。

真希望這一刻永遠持續下去。真希望母親永遠面帶笑容。

喧鬧聲不知不覺地消失了。

野野子不知道現在幾點，也不知道自己在哪裡。腦袋和身體都好沉重，像是沉在溫熱的水底。意識昏沉沉的，但她的本能告訴她要發生嚴重的事了。

她聽到沉重的呼吸，聞到了菸味。脖子到胸前都涼颼颼的。

一睜開眼睛，就看到亮的臉近在眼前。「啊，妳醒啦？」他露出了惡作劇被抓到時會有的表情。

她的視線從亮的臉龐往下移，竟發現自己的胸罩被解開了。驚愕和恐懼讓她動彈不得。她想要逃出這個惡夢，反射性地閉起眼睛。

「對對，真是乖孩子。」亮喘著氣說道。「一下子就好了。很快就好了。」

野野子的心中冒出一句「果然」。

她一直覺得奇怪，亮經常摸她的臉、握她的手、摟她的肩，都是趁她母親不在的時候才會跟她有肢體接觸，而且動作越來越大膽，不久前他甚至從背後緊緊抱住她，問她「小野野，妳有沒有接吻過啊？」。當時亮的手從運動服外面摸到了她的胸部。野野子只覺得「不會吧」，母親和亮那麼要好，他觸摸她只是在表示父愛，是我自己太敏感了。她如此安撫著自己。

如今她再也找不到理由了。

亮的手掀開她的胸罩。

我得快點睜開眼睛，我得叫他住手，我得逃離這地方。她明明這麼想，身體卻動彈不得，像是被看不見的鎖鏈綑住。

亮的指尖碰到了她一邊的胸部，她冒起雞皮疙瘩。此時突然傳來一聲怪叫「嘎！」，玻璃窗喀噠震動，亮嚇得縮起身子，野野子的身體也在同一時間回歸了她的掌控。

腦袋還來不及思考，身體先有了反應。野野子一把推開亮，坐了起來，這時她才發現自己躺在和室的床上。身體稍微一動，頭蓋骨內就痛得像是被鐵鎚重擊。

野野子一邊穿好衣服一邊衝向大門，她很怕隨時會被亮從背後架住，怕得連回頭都不敢。她一把抓起吊在玄關衣帽架上的制服外套，衝出門外。

她拚命奔跑，到了第一個十字路口才停下來。戰戰兢兢地回頭一看，亮並沒有追上來，讓她鬆了一口氣。她頭痛不已，腦袋又熱又脹，非常不舒服，身體也很沉重，彷彿從頭頂到腳底都灌滿了泥沙。

是紅茶。她突然想到。亮拿出 Clover 的蛋糕時，還端出又甜又濃的紅茶。他見野野子一直沒喝，還熱情地慫恿說「我為妳買了很貴的紅茶喔」。亮一定在紅茶裡加了什麼東西。

現在幾點了？兩旁的民宅都亮著燈，不知從何處飄來了煎魚的味道。這一帶有很多空地，入夜之後幾乎看不見路人。

她想起剛才那聲怪叫。像是世界末日到來似的一聲「嘎！」。那是什麼聲音？是女人的尖叫聲？還是男人的慘叫？還是某種機械的聲音呢？

野野子又折了回去，繞到公寓後方。

這裡是一片空地，最近幾年都用來堆置建材，有一間小小的組合屋和若干木材，還停著一輛白色汽車。那是亮的車，他把這片空地當成了停車場。

野野子十分鐘前所在的和室窗內開著燈。那地方發生了如此可怕的事，從屋外看起來卻好像明亮又安全，真叫人不敢相信。一想起亮的呼吸和指尖的觸感，她的內臟就難受得顫抖。

藉著窗內照出來的光，她看見黑暗中有東西在動。

那東西從窗下緩緩走向野野子。是一隻胖嘟嘟的褐黑色虎斑貓。她剛才聽見的是這隻貓的叫聲嗎？

「是你嗎？是你救了我？」

牠沒有戴項圈，不知是不是鄰居養的貓。這隻胖貓不但不怕野野子，還用牠圓滾滾的身軀摩擦她的小腿，然後過了馬路，走向對面的空地。

接下來該怎麼辦呢？我是不是該逃得遠遠的？還是乾脆一死了之？如果我不在了，母親和亮會在那間公寓裡親親熱熱、說說笑笑，幸福地過著兩人生活嗎？

她強烈地想著：我才不要！為什麼是我被趕出去啊？

乾脆告訴母親吧。但她不知道要怎麼說才不會讓母親生氣、難過、受傷。

既然不知道該怎麼做，那她就只能躲著亮了。

「亮真是個沒用的傢伙。」

某一天，午後才起床的母親一邊抽菸一邊說道。她聲音沙啞，眼睛半張。

野野子還以為母親打算和亮分手。

「竟然在這個時候跑回鄉下。妳想嘛，昨天宇都宮還是哪裡不是有個殺人犯跑掉了嗎？有客人說，他搞不好會跑到我們這裡呢。這種時候他應該陪著我們才對，結果他卻說奶奶死了，要回老家一個星期。真是一點用都沒有～」

可是亮的車還停在空地上。野野子問了以後……

「他說是因為酒駕被停扣駕照了，還說要是被吊銷駕照就慘了。真是個笨蛋～」

母親看著野野子，笑著說「偶爾只有我們女生在一起也好啦」。看到那親切的笑容，野野子下定了決心。

「媽媽！」

她上身前傾，說出了亮的所作所為。

包括上榜那一晚的事，還有他從幾個月前開始經常握她的手、摸她的臉、對她熊抱的事，以及她勸告自己不要想太多的事。

母親眉頭緊皺，瞇著眼睛盯著野野子。那表情像是看到了什麼髒東西。

「真的啦！他一定是在紅茶裡下了藥。我是說真的！媽媽，請妳相信我！」

母親一臉不高興地接連抽菸，狹小的屋內滿是白煙，讓她幾乎咳嗽，但她擔心此時出聲會讓一切惡化，所以還是忍住了。

「騙人的吧。」

最後母親不屑地丟出這句話。

雖然母親嘴上說不相信，但野野子這番話一定讓她非常震驚。亮從老家回來之前，母親一起床就喝酒，每天都醉醺醺地回家，還會帶不一樣的男人回來，像是回到了和亮交往前的生活。

亮回來的那天，母親像上榜那晚一樣在小矮桌上擺了壽司和披薩。她貌似愉悅地滿口叫著「阿亮、阿亮」，但似乎是硬裝出來的。

「野野子也喝一杯吧，就當是慶祝亮回來了。」

母親幫野野子倒了氣泡酒。

「是啊，小野野也一起喝吧。」

亮也開心地說著「喝吧喝吧」向她勸酒。

野野子勉為其難喝下氣泡酒。甜甜的，像是有股怪味的汽水。她在兩人的勸說之下繼續喝，沒過多久就有點醉了，她臉頰發燙，腦袋恍惚，心跳加速。

「小野野，上次真是抱歉。」

亮說出這句話是在母親出門上班之後。他坐到野野子身旁，說著「多喝點吧」，又在她的空杯中倒入氣泡酒。

「小野野，妳是不是在躲我啊？妳討厭我了嗎？」

「當然討厭。」

「那妳現在又在我面前喝醉？」亮笑著說。「瑤子也沒來跟我抱怨什麼。有一句老話，妳應該知道吧？女人說不要就是要。」

亮用熟稔的動作摟住野野子的肩膀。

「阿亮，你不喜歡我媽媽嗎？」

「與其說我喜歡她，應該說她喜歡我。瑤子不能沒有我，她還經常說『要是被阿亮拋棄，我就活不下去了』，搞不好還會自殺呢。」

亮把手伸進野野子的運動服裡。她全身冒起雞皮疙瘩，反射性地抓住他的手，說「別這樣」。

「一下子就好了。只要一下下。如果妳不聽話，我就要甩掉瑤子喔。如果媽媽死了，妳一定會很難過吧？」

亮貼近野野子的耳邊用黏膩的語氣說道。他伸進她衣服裡的手摸到了她的胸罩。野野子緊緊閉上眼睛，全身僵直。

「你說誰要自殺啊！」

紙門突然拉開，母親從和室裡衝了出來。

亮倒抽了一口氣，急忙後退。
母親高高舉起金屬球棒。
「開什麼玩笑啊，你這個渾蛋！」
球棒揮落，發出破風之聲，紙門「磅！」的一聲壞掉了。
「慢著……瑤子，冷靜一點。不是啦，不是妳想的那樣啦。」
亮跌坐在地上，不斷後退。
「你這個滿口謊話的傢伙！說我被你甩了就活不下去？鬼才說過這種話啦！」
母親又舉起球棒，用力砸下來。
「哇！」
亮發出慘叫。
球棒砸在小矮桌上，餐具應聲裂開，吃剩的壽司和披薩飛了出去。
「我要宰了你！」
母親眼中充血。
這是母親設計的。她假裝出門上班，又從和室的窗戶爬進來，偷偷觀察亮的舉動。野野子聽母親說起這些事的時候很高興，心想原來母親相信她說的話。
此外，看到母親震怒到幾乎殺了亮，野野子心中的感動勝過了訝異和震驚。媽媽竟會為了我這麼生氣，媽媽選擇了我，而不是亮。野野子第一次看到母親的這一面。

亮衝出了大門，母親也抓著球棒追在後面。要不是野野子阻止，亮可能真的會被打到腦袋開花。

亮坐進停在空地的車子，立刻發動。母親喘得上氣不接下氣，瞪著那輛發出引擎聲揚長而去的車子。一隻手拄著金屬棒、一隻手扠腰的母親真是凶神惡煞。

「我真的會宰了他。我要宰了那傢伙。」

她充血的眼睛憤怒地瞇起，眼皮還在抽動。

母親穿著紫色洋裝在試衣間前轉來轉去。裙襬翩然飛起，飄起的微風帶著香水味。

「怎麼樣？」

聽起來像是問句，但母親的語氣中充滿了自信。

「真是太適合您了，這衣服把您的氣質都襯托出來了。」

年輕店員用帶有鼻音的聲音誇個不停。

「嗯，很好看。」

聽到野野子表示同意，母親非常滿意。「那我就買這件吧。」她開心地走回試衣間。

這家店賣的不是昂貴的精品，而是主打年輕客群的高級休閒服，但是洋裝裙子各兩件、再加三件上衣，還是要花幾萬圓。母親走進這間店之前已經買了長罩衫、外套和鞋子，花了將近十萬圓。她買所有東西都是刷卡付帳。

母親每三、四個月會來東京一次，主要目的並不是探望女兒和外孫，而是為了購物。

在寄送服務區辦完了送貨手續，野野子還是姑且問了一句：

「等一下要做什麼？要去看凜太嗎？」

她週末一般都會陪著凜太，但今天要陪母親購物，所以把凜太交給了保母。

「唔，要做什麼啊……」

母親假裝思索，但野野子知道她會怎麼回答。

「我也很想見見凜太，不過還是下次吧。對了，我有點餓，先吃些東西再回去吧。」

母親想必早就選好店家了，她說了一間很早開門的義大利餐廳的名字，給野野子看了手機上的地圖。

那間店距離池袋站東門大約五分鐘路程。

果不其然，那是一間沒有禁菸的小酒吧，一開門就能聞到菸味。客席以吧檯座位為主，桌子只有兩張。現在是下午三點，座位只坐滿了三分之一。店員把兩人帶到桌子的座位，母親立刻點了一根菸，深吸一口，大聲地說「啊，總算活過來了」。

「回到前林還要兩個小時，不先抽根菸，尼古丁量根本撐不下去。」

母親翻開菜單，點了紅酒、起司盤和雞肝醬，然後就自顧自地聊起近況。難搞的客人和有趣的客人，最近新買的化妝品，去參加熱瑜伽的體驗課程。母親會聊的話題總是這些。

「對了……」母親稍微探出上身。「我快要有男友了。」

這個話題她每年大概都會說一次。

不過野野子還是「哇！」地發出驚呼，接連拋出「是怎樣的人？」、「怎麼認識的？」、「幾歲了？」、「做什麼工作？」之類的問題。

聽母親沾沾自喜地說話，野野子一邊習慣性地附和著「嗯嗯」、「喔？然後呢？」，一邊想著凜太現在不知道在做什麼。

凜太平時去托兒所都不會哭，今天被保母抱在懷裡時卻哭喊著「媽媽！媽媽！不要啦！」，看到凜太哭著叫媽媽，野野子的心都快碎了。為什麼她寧可讓凜太這麼難過，還是要去陪母親購物呢？野野子沒有繼續想下去，而是轉身背對哭喊的凜太。

「對了，妳呢？如果一直找不到妳老公，那妳要怎麼辦？」

母親換了一個話題，不等她回答又繼續說：

「妳有工作已經是不幸中的大幸了，就算一直找不到妳老公，妳也養得起凜太。

女人果然還是要自己賺錢啊～是說一個女人一邊賺錢一邊養孩子真的很辛苦喔，我也是過來人，所以我很清楚。不過我應該更辛苦吧，前林不像東京，工作更難找，現在還是一樣。前林真不景氣啊～所以妳最好不要立刻跑回前林喔。」

「我還沒想到那麼實際的事。」

「對了，如果妳老公找到了，又該怎麼辦？不知道他是侵占公款還是跟女人跑了，總之他都是丟下了妳和凜太，就算他又回來了，妳還能像從前一樣跟他生活嗎？不過妳個性溫柔又很能忍耐，搞不好還真的能原諒他呢～如果妳沒有孩子，我一定會叫妳趕快離開這種男人，可是考慮到凜太，考慮到今後的生活，我就不會隨便建議妳離婚了。我店裡也有個客人的女兒離婚之後帶著孩子跑回娘家，可是女兒找不到工作，孫子也不習慣新環境，情緒變得很不穩定，真是傷腦筋啊。父母也是會變老的，這擔子可不輕鬆呢。」

野野子終於聽懂了，母親是在提防她帶著孩子跑回老家。母親大概不希望悠然自在的生活受到打擾。

或者……野野子的心裡籠罩著不安的陰影。母親希望她不要回去，是不是有其他理由呢？

她和母親並非共享了所有的往事。就像她有事瞞著母親一樣，母親應該也有事瞞著她。

——我真的會宰了他。我要宰了那傢伙。

她想起母親十五年前氣得發抖的模樣。

在那之後，亮沒有再出現過。她曾經好奇地打電話去他工作的運動俱樂部，對方卻說他一直蹺班。亮到底去哪了？他只是在躲我們嗎？

那麼兩年後出現的那具男屍是誰呢？

姓三矢的刑警去找過她母親兩次。該不會是假借打聽辰彥下落的名義，實際上是在調查十五年前的事吧？

「野野子呀～」

母親甜膩的聲音讓她回過神來。

「今天又花太多錢了，可能會透支。借我五萬圓吧。」

母親舉起單手做出拜託的動作。

野野子早就料到了。她從錢包裡拿出五張萬圓鈔。

「謝啦～妳救了我一命～這餐就讓我來請吧。」

母親轉向櫃檯，唱歌似地喊道「結帳～」。

11

他們事先已經通知會去拜訪，百井家的客廳卻亂成一團。

地上到處都是孩子的玩具，沙發上有成堆的衣服和毛巾，餐桌上堆放著文件，寫著「企劃書」的封面還有食物或飲料的汙漬。

「亂成這樣真是不好意思。」

野野子一邊收拾一邊說道。

三矢默默地觀察客廳的情況，岳斗代為回答「我們才該道歉，在妳百忙之中還來打擾」。

「妳還要出去工作，一定很辛苦吧。」

「我已經申請減少工時了。」野野子一邊用溼紙巾擦餐桌，一邊說道。「不過最近工作比較多，我只好拿回家做，所以沒時間做家事。」

一歲九個月大的凜太跟在野野子身邊。他抓著母親的裙子，不斷地問著「媽媽，媽媽，這個是什麼？這個是什麼？」，但岳斗不知道他說的「這個」是指什麼。

野野子請岳斗他們坐下，然後走進廚房，大概是去泡茶了。被媽媽丟下讓凜太有些錯愕，他突然放聲大哭，還不斷地跺腳表示不滿。

「不可以胡鬧！」

野野子急忙跑回來抱起凜太，凜太還是越哭越大聲。

她放棄泡茶，直接抱著孩子坐下，用固定的頻率輕拍著孩子的背。

「托兒所裡似乎出現了很多閒話。」

野野子淡淡地說道。

「他們說了什麼？」

三矢問道。

「老師們沒說什麼，但是態度不太一樣，好像變得有些疏遠。家長之中倒是有人安慰我，對我說『妳辛苦了』。聽說我先生的名字和照片被公開在網路上了。是公司社長今天跟我說的，說公開資料的是找尋失蹤人口的『北極星』的網站。」

「妳看過北極星的網站了嗎？」

野野子點點頭，說「是我婆婆去刊登的吧」。她沒有表現出責備或氣憤的態度，反而一副無力的樣子，像是已經放棄掙扎。

好一陣子都沒人說話。孩子似乎睡著了，他靜靜地趴在母親的胸前。

「那個……」野野子鼓起勇氣抬起頭。「您週五又去見我母親嗎？為什麼呢？」

岳斗驚訝地看著坐在左邊的三矢。

他週五又去找野野子的母親？

岳斗根本不知道這件事。對了，三矢那天說「我有點事得去處理」然後就自己走掉了。原來他那天是去前林市找野野子的母親？

「是妳母親告訴妳的嗎？」

被三矢這麼一問，野野子點點頭。

「妳母親是怎麼說的？」

「她說你除了問我先生的事以外，還問了很多以前的事。像是前林發生過什麼事、認不認識某人之類的。為什麼你要專程跑到前林問我母親這些事呢？十五年前的事和我先生有關嗎？」

岳斗也很想問這些問題。

「我沒有說過那是十五年前的事。」

聽到三矢這麼說，野野子頓時露出說漏嘴的心虛表情，但又立刻解釋「我聽母親說，你問了水野大樹的事，他是十五年前過世的」。

三矢緊盯著野野子，上身慢慢前傾。

「為什麼他會死呢？」

「啊？」

野野子一臉錯愕，像是覺得很意外。

「妳覺得是為什麼？」

三矢緊迫盯人地又問了一次。

岳斗覺得自己似乎也被問了同樣的問題。

「為什麼這樣問我？」

野野子的眼中浮現了恐懼和警戒。

「妳和水野不是同班同學嗎？」

「我跟他幾乎沒說過話。這個不重要，我是要問你為什麼纏著我母親。」

「纏著？」三矢露出訝異的表情。「我只見了她兩次，還說不上『纏』吧。」

「在我看來你就是纏著她。」

「妳還沒回答我，妳覺得水野大樹為什麼會死？」

「我不知道。」

野野子冷淡地回答，不再看著三矢，而是望向趴在自己胸前睡覺的孩子。

案件發生半個月以上，在百井辰彥家門前監視的人已經撤走。馬路對面的停車場看不見警察的公務車。

來到拍下百井最後身影的監視器之處，兩人一路上都沒有開口說話。

岳斗覺得三矢的沉默隱含著沉重的意味。

為什麼他會死呢……

岳斗不但沒有答案，甚至不知道該從哪裡思考起。那男孩不就只是半夜騎車閒逛，卻被警察撞見，他有些害怕就逃走了？岳斗無法跳脫出這種想法。雖然那男孩在橋上丟下車鑰匙，但這件事也不能為他死亡的原因提供線索。岳斗的思緒只能停在這裡，沒辦法繼續想下去。

「對了，關於領帶的事……」為了驅散這片難堪的沉默，岳斗開口說。「你不問問她嗎？」

岳斗指的是三矢把剪斷的領帶拿回搜查總部的事。後來他才知道，那是百井辰彥的母親智惠交給三矢的，聽說是在百井家的垃圾桶找到的。

「我覺得沒必要提起這件事。如果她知道婆婆懷疑她，她們的婆媳關係就再也無法修復了。」

經過鑑定，那條剪斷的領帶上沒有驗出受害者的皮膚或ＤＮＡ，領帶的纖維和受害者脖子上驗出的纖維也不一致，所以並非凶器。

「那條領帶本來掛在百井先生臥室的衣櫃裡。我記得是九條領帶最左邊的那條。」

岳斗突然想起瞬間記憶的事。

加賀山說過三矢有這種特殊能力，讓他更覺得摸不透這個怪人。岳斗心想，自己看到的世界和三矢眼中所見的世界一定完全不一樣。

岳斗的腦海浮現血的色彩，鼻腔似乎也聞到了鐵鏽味。三矢記得自己母親被殺害的景象，那是怎樣的感覺？他有辦法保持正常而不發瘋嗎？

三矢大概從岳斗的沉默看出了什麼。他說著「啊啊」，輕輕地笑了。

「你已經聽誰說了吧。如果只看我們身邊的人，應該是加賀山吧。我雖然有瞬間記憶，但也不是什麼都記得，我沒辦法自己控制要記得什麼事，而且一年只能發揮幾次。順帶一提，我記得領帶的事不是因為瞬間記憶，而是一般的記憶力。因為那條領帶的風格和其他條不一樣，所以我才記得那麼清楚。如果那條領帶是凶器，而且野野子太太也知道，她為了銷毀證據一定早就丟掉了，不會事到如今才隨便剪斷、丟進家裡的垃圾桶。」

那野野子為什麼要剪斷領帶、丟進垃圾桶呢？一想到這裡，岳斗的心裡就冒出憤怒二字。那會不會是百井的外遇對象送的禮物？

「說不定她知道丈夫有外遇。」

岳斗說出了自己的猜測。

「或許吧。」

三矢的語氣透露出他早就想到這一點了，令岳斗很不高興……不對，應該說是很受傷。仔細想想，這還是岳斗第一次主動分享自己的想法。

「為什麼您老是這樣？」

話一出口，岳斗就知道自己停不下來了。

「三矢先生，您是不是很看不起我？您看不起我無所謂，因為我也覺得自己很笨，我也知道幫不上忙、派不上用場、既幼稚又沒有經驗，所以您大可罵我或是抱怨我。但是把人當成空氣才是最傷人的。您好像當我不存在似的，自己想去哪就去哪，看到重要的線索、想到重要的事也不會告訴我。您對所有人都是這樣子嗎？您完全不在乎別人嗎？您不知道別人也是有血有肉的嗎？跟三矢先生在一起比我獨自一人更寂寞。」

講完以後，岳斗才後悔地想著「完蛋了」。三矢經歷過他無法想像的殘酷事件，就算變得有點怪……不，就算變得非常奇怪也是情有可原，他這樣責備三矢實在太刻薄、太小家子氣了。

而且回頭想想自己說的話，更讓岳斗深受打擊。

——跟三矢先生在一起比我獨自一人更寂寞。

岳斗簡直想要哀號。簡直想要大叫著跑掉。說什麼寂寞啊，又不是女孩子在向男友撒嬌！

三矢停下腳步，睜大細長的眼睛注視著岳斗。那表情只能說是呆若木雞。岳斗第一次看見他露出這麼人性化的表情。

「我經常被人這麼說。」

三矢似乎很感慨。

「啊？」

「以前常常有人這樣說我。聽到這些話真令人懷念。」

「喔……」

「你為什麼忽視我、你為什麼都不跟我溝通、我搞不懂你在想什麼、你對別人根本沒有興趣、我覺得你好像看不起我……田所先生也是這麼想的吧？」

岳斗尷尬地點頭。

「每一個和我交往的女生都說過這種話。每次我都是被甩掉的。」

唉，那果然是女友的臺詞。岳斗羞恥到有些暈眩。

「我年輕的時候常被人這樣說，但最近比較少聽到，所以剛剛聽你這麼說，讓我有點驚訝。」

三矢停頓片刻，喘了一口氣，又繼續說：

「我不是故意忽視你，真的，我只是有時會看不到周遭的事物，因為我只要發現不明白的事、想搞清楚的事，腦袋裡就裝不下其他東西了。」

三矢低頭說「對不起」。

「呃……不會啦。」

岳斗正想說「我才應該道歉」，但三矢搶先說道：

「請你直接問我吧。」

的。」

「啊？」

「想知道什麼就問，你可以問我在想什麼、打算做什麼。我也會問你有什麼想法的。」

聽到這句話，岳斗才想起來。

——你怎麼想？

三矢的確常常這樣問他。

原來是這樣。或許是我自以為被他忽視，所以沒有認真面對他。是我先因為自卑感和抗拒心態而對他關起了門。一想到這裡，阻隔在他心中的東西全都崩塌了。

「那我就問囉，我現在就問。」

岳斗積極地說道。

三矢微笑回答「好的」。

「我有三件事想問。第一件，您星期五為什麼去找百井野野子的母親？第二件，十五年前意外身亡的少年和這個案件有關嗎？第三件，您有什麼想法？是怎麼推理出來的？不過我想先知道，您星期五丟下我自己一個人去了哪裡、做了什麼？請您全部告訴我吧。」

「這不是幾句話就能說完的，我們先找個地方坐下吧。」

為了順便吃晚餐，兩人走進車站旁的商業大樓裡的家庭餐廳。

或許是地點的緣故，有很多客人是全家一起來的，還有小孩尖叫著跑來跑去。岳斗點了蔬菜咖哩和飲料無限暢飲，三矢看都不看菜單就說「我也要一樣的」。

「好了，請告訴我吧，您星期五瞞著我做了什麼？」

岳斗雙手按在桌上，上身前傾，質問著三矢。

「我不是故意瞞著你，我只是不確定那件事和搜查有沒有關係，所以才自己一個人去。」

「不要找藉口。」

聽到岳斗強勢的語氣，三矢苦笑著用食指按著額頭。

「好的，我先解釋我星期五的行動吧。一開始我是去找北極星的代表董事福永先生問話。」

「福永先生？」

「理由我等一下會說。我和福永先生談完以後，就接到百井智惠太太的電話，她說在兒子家的垃圾桶裡發現領帶，希望我去調查。我向智惠太太拿了領帶之後先回搜查總部一趟，然後才去前林市找野野子太太的母親。」

「我知道了。接下來請您回答剛才那三個問題。」

「我可以跳過第一件和第二件，先回答第三件嗎？」

第三件是三矢有什麼想法、是怎麼推理出來的。

岳斗點頭，三矢也輕輕點頭，先喝一口烏龍茶潤喉，然後用低沉又略帶粗啞的聲音說：

「老實說，我還沒有清楚的想法或推理，只是莫名地感到好奇，因為我本來只是在調查百井辰彥先生的下落，卻意外扯出了十五年前前林市那件事。」

十五年前前林市那件事，就是指少年被誤認成在逃的殺人犯而意外身亡的事吧。

「得知野野子太太的母親住在前林市，讓我想起了原本快要忘記的少年。我星期五去找她母親一問，才知道野野子太太和那位少年是同學。」

岳斗剛才已經從三矢和野野子的對話得知這件事了。

「還有一點，就是草薙雅美小姐。」

三矢豎起食指說道。

「草薙雅美？」

岳斗對這個名字毫無印象。

「你也見過這個人。」

雖然三矢這麼說，但岳斗什麼都想不起來。

「反正警察什麼事都不會做嘛。」

三矢像在背臺詞似地說道，岳斗才想起北極星的那個胖女人。他記得那女人說自己的未婚夫失蹤了，三矢問她「警察什麼事都不會做嗎？」，她沒好氣地回答了

「是啊」。難道那女人和小峰朱里被殺的案件有關嗎？

「田所先生，你看過北極星的網站嗎？」

「嗯，大致看了一下。」

「那你應該知道佐藤宏太這個人吧？」

「啊？」

又是一個沒聽過的名字，岳斗的腦袋都快跟不上了。

「你不是看過北極星的網站嗎？上面刊登了佐藤宏太先生的資料。」

「呃……對不起，請等一下。」

岳斗趕緊拿出手機找資料。他去北極星的網站只看了百井的資料，沒有看其他失蹤者的資料。難道三矢全部的資料都看了？

蔬菜咖哩送了上來，但岳斗正在為自己的疏忽懊惱，所以沒有食慾。三矢倒是很有效率地大口吃起咖哩。

佐藤宏太。找到了。不過他的照片和其他失蹤者不一樣，是從側面的後上方拍攝的，幾乎完全看不到臉。他失蹤時是三十四歲，如果現在還活著就是四十九歲了。親友留言一欄寫著「希望你平安無事。我會永遠等你」，最後的署名是「雅美」。岳斗會意過來，這個男人就是草薙雅美失蹤的未婚夫。看到他失蹤的情況，岳斗差點發出驚叫。佐藤宏太是在十五年前的二〇〇四年失蹤的，從三月二十五日晚上開始失聯。二〇〇四年三月二十五日……

岳斗忍不住望向三矢，發現他依然專心一致地吃著已經少了一半的咖哩。岳斗也拿起湯匙。他對自己吃飯的速度很有自信。兩人之間只能聽見湯匙敲到盤子的聲音和咀嚼聲，他們幾乎是同時吃完的。

「你看過佐藤宏太的資料了？」

三矢一邊用紙巾擦嘴，一邊問道。

「是的，他就是我們在北極星碰到的那個女人的未婚夫吧。」

「你怎麼想？」

岳斗喝了一口烏龍茶，慎重地說道：

「佐藤宏太是在二〇〇四年三月二十五日失蹤的，也就是被誤認為殺人犯的少年意外身亡的前一天。」

三矢注視著岳斗，深深點頭。

「至今為止，我還沒發現百井辰彥先生、小峰朱里小姐和前林市有任何關聯，卻在找尋百井辰彥先生的下落時扯出了十五年前前林市那件事。你不覺得很奇怪嗎？」

「這件凶殺案和十五年前的少年意外事故有關嗎？」

「這就是你的第二個問題吧，答案我還不知道。接下來是你的第一個問題，為什麼我要去找野野子小姐的母親，答案就是我想要弄清楚一些事。她母親不認識草薙雅美小姐，也不認識失蹤的佐藤宏太先生，所以我最後還是沒有弄清楚……意外身亡的水野大樹、國中和他同班的百井野野子太太，還有失蹤的佐藤宏太先生，我懷疑這三人之間可能有關聯。」

岳斗想起了野野子剛才的反應。

當她被問到十五年前意外身亡的少年水野大樹的事情時，顯然有些驚慌。

為什麼她會那麼驚慌？如果能知道她在隱瞞什麼，應該就會有答案了。她隱瞞的是小峰朱里被殺的理由嗎？還是百井辰彥的下落？又或者是十五年前少年水野大樹死去的理由呢？

三矢似乎看穿了岳斗的想法……

「此外還有一件事。」他豎起食指說道。「明天就會知道了。」

「他已經失蹤十五年六個月又十三天了。當時的事我還記得很清楚。根本不可能忘記。

當時沒有智慧手機，手機才剛出現錄影功能。我對這類機器沒有興趣，但他喜歡新事物，我想給他一個驚喜，所以偷偷買了最新款的手機。我好幾次用手機錄下影片傳給他，他卻一直沒有回覆，我覺得很奇怪，因為他是個一板一眼的人。

那陣子發生了一件大新聞，有個殺死兩個女人的凶手從宇都宮警察署的廁所逃走了。以前的警察和現在的警察也差不多嘛，到底都在做什麼……啊，應該是什麼都沒做吧。呵呵。

當時有個國中生被誤認為是殺人犯，他為了躲避警車追捕而撞到卡車。對了，那是發生在前林市的意外事件。當時我在保險公司工作，我是在午休時間看到這則新聞的。跟我一起看電視的部長說，那孩子還在讀國中就會半夜遊蕩，而且被警察叫住就逃走，想必是個小混混。當時他說的是小太保。呵呵。竟然說小太保，想起來就覺得好笑。

不過我才不在乎這件事，我滿腦子想的都是男友沒有回我訊息的事。我跟他最後一次聯絡，是在看到這則新聞的前一天午後，我傳訊息給他，他也有回覆我，那天我在回家途中買了最新款的手機，當晚就傳了影片給他，但他卻沒有回覆。訊息沒有顯示已讀，所以我不知道他到底有沒有看到。我還打了好幾次電話，但他一直沒開機。

我有一種不祥的預感，很擔心他被逃走的那個殺人犯殺死了，因為那個殺人犯在逃亡時還攻擊了一個女人，用刀割傷了她，搶走她的包包。所以我很擔心男友是不是也被他殺掉之後丟到河裡或是埋在山上。

我當然有去報警，但警察說這不像是案件，不肯幫我調查，還說他是故意消失的。」

草薙雅美小聲得像是在嘆息。

「這樣啊，警察說他是故意消失，不肯調查啊。」

三矢重複了草薙說過的話，她用力點頭表示不滿，然後含住冰可可的吸管。可能是冰塊太多，杯中的可可一下子就降低一大截。

這裡是北極星辦公室附近的咖啡廳。午餐時間已過，店裡只剩少數熟客，有一些愉快聊天的老婦人，還有獨自看報紙或看書的客人，氣氛非常悠閒。他們在代表董事福永的同意之下把草薙找出來，打聽十五年前的事。

日本一年約有八萬人失蹤，其中絕大多數的失蹤者都會被找到。沒被找到的人很少是因為發生意外或被捲入案件，多半是自己決定消失的。

「妳最後一次跟佐藤宏太聯絡，是在二〇〇四年三月二十五日的下午，沒錯吧？」

三矢向她確認。

「是的，到今天已經十五年六個月又十三天了。」

草薙垂低如鴿眼般的小眼睛，囁嚅地回答。

她這十五年來每天都屈指數算著日子嗎？岳斗重新打量眼前的女人，但是從她的撲克臉感覺不到半點悲傷的情緒。

「隔天中午妳就看到了少年被誤認為在逃的殺人犯意外身亡的新聞？」

「是啊，在公司看到的。那又怎樣？」

「妳知道那位過世的少年叫什麼名字嗎？」

「不知道。」

「對了，佐藤宏太先生是怎樣的人？」

聽到三矢的詢問，草薙如鴿眼般的小眼睛抬起視線，停頓兩、三秒。

「我們本來打算結婚的。」

她答得牛頭不對馬嘴。

「妳覺得佐藤宏太先生可能會去哪裡？」

「可能是發生意外或是被捲入案件，或許已經不在世上了。」

三矢喃喃說著「這樣啊」，然後向她道謝，站了起來，岳斗也跟著起身，但草薙還是坐著。

「你打算找他嗎？」

草薙面無表情地問道，她的視線朝著上方，卻沒有看著任何人。

「現在才去找已經太晚了。」

三矢默默望著沒在看他的草薙好一陣子，然後簡短地回答「妳早就知道了吧」。

走出店門之前，岳斗回頭一看，草薙仍駝著背坐在座位上。

昨天三矢說的「明天就會知道了」指的是前林市發現遺體的事。三矢已經詢問過前林警察署了。

警方沒有答應搜索佐藤宏太，但還是有留下紀錄。佐藤宏太的姓名、出生年月日、地址、職業全都是假的，他用來和草薙聯絡的手機是預付卡手機，他用假名接近草薙大概是為了結婚詐欺。

佐藤宏太失蹤兩年後，變成白骨的遺體在前林市的廢棄工廠被人發現了，可能是遭人殺害，但無法確定死因。藉著治療牙齒的痕跡可以確定此人住在前林市的鄰鎮，有過結婚詐欺前科。警方只知他死了兩年，但始終沒有查出他的死因，就把遺體還給他老家的雙親了。

三矢向北極星的代表董事福永提起這件事，福永果然早就知道了，但福永為了不讓草薙難過，還是把佐藤宏太當成失蹤者刊登在北極星的網站上。

今天和草薙談過，三矢確定她也知道這件事。

草薙大概無法接受被那男人欺騙的事實吧，她若是睜開眼睛，或許就能找到幸福和喜樂，但她還是選擇閉著眼睛，在黑暗之中度過了十五年。

「這下子就能確定了。」三矢說道。「十五年前水野大樹過世時，還有另一個男人死了。」

12

母親的直覺是很準的。

百井智惠的腦海裡突然浮現這句話，她感覺自己正注視著深淵。那是個漆黑的洞穴，連眼前一寸都看不見。低沉地嗚般的聲音彷彿正在召喚她，冷風從底部吹上來。她怕得不得了，怕到雙腳顫抖，但她還是想要跳下去，因為她覺得這條路可以帶她找到辰彥。

——媽媽，救我。

她聽到那個聲音的時候就知道了，看到垃圾桶裡的領帶時又更加確定，辰彥已經不在人世了。

可是，那條領帶竟然不是凶器。

為什麼？這個疑問不斷地盤旋在她心底。為什麼野野子要剪斷領帶？為什麼把領帶丟進垃圾桶？

但她仔細想想就覺得不對勁，那條領帶若是凶器，絕不可能丟在那麼顯眼的地方。

智惠想起自己在垃圾桶撿起領帶時的震驚。野野子是不是用這條領帶勒死了那個女人？還有辰彥……一想到這些事，她就不禁渾身發抖。

難道這是陷阱？她不知道理由為何，但野野子或許是為了欺騙她，才故意把這條領帶丟在顯眼的地方。

警察向她報告檢驗結果，說那條領帶不是凶器。不過這只表示那條領帶不是勒死那女人的凶器。

母親的直覺是很準的。她不願這樣想，但那個念頭一直在腦海裡揮之不去，像是被一隻無形的手按住。

或許已經來不及了。

「是嫉妒到發狂的太太殺死了丈夫啦。」

這句話突然鑽進智惠的耳中。

「咦？不會吧？那個太太看起來很溫和啊。」

智惠正在雲雀之丘站的廁所裡。她本想盡快趕到辰彥的公寓，但是搭電車時突然肚子痛，所以才耽擱了。

她從門縫往外看，有兩個女人站在鏡子前補妝。一個是金色長髮的女人，另一個是黑髮的矮小女人。

「光看外表不準啦，而且這麼想的可不只有我喔，警察好像也在懷疑那個太太呢，因為他們一直打聽那個太太的事。還有啊，丈夫的母親前陣子還跑來找我，問我有沒有看到他們夫妻吵架。那個太太一定有問題啦。」

智惠發現那個金髮女人就是公寓一樓的住戶。她屏息聆聽著兩個女人的對話。

「聽說那一家的丈夫有被附近的監視器拍到。既然都走到附近了，一定是準備回家，可是後來卻失蹤了，說不定是被太太殺掉，切成一塊塊棄屍。」

「金城太太，妳看太多推理劇了啦。」

「是嗎？」

兩人笑著走出去了。

占據智惠心中的不是那句「嫉妒到發狂的太太殺死了丈夫」，也不是那句「被太太殺掉，切成一塊塊棄屍」。

——警察好像也在懷疑那個太太呢。

智惠覺得是神讓她聽到這句話的。神一定是為了讓她得知此事，才把那女人帶來。

辰彥說不定是被野野子殺死的。原本窩在腦袋一角的這個念頭逐漸膨脹，像是在強調自己的存在，如今更是膨脹到幾乎擠破頭蓋骨。

或許她一開始就察覺到了。這麼一想，所有的事都解釋得通了。辰彥失蹤之後野野子還是一副滿不在乎的樣子，也沒有主動聯絡婆婆，屋子裡亂七八糟，像是知道辰彥不會再回來似的，也沒有積極地找尋辰彥。

這樣啊，原來警察也在懷疑野野子啊。智惠咬緊牙關，耳中轟然作響，腦袋裡掃過強烈電流。她感覺自己的體內既燥熱，又充滿了能凍結一切的寒氣。

丟在垃圾桶裡的領帶果然是陷阱。野野子故意把領帶丟在那裡，就是為了讓她誤以為是凶器，拿去給警察，目的是要讓警察覺得她在胡思亂想、不再理她，一切都是野野子設計的。

智惠走出廁所後，反射性地撥打了野野子的手機號碼。她不知道自己想說什麼，也不知道自己想問什麼，只是想要發洩出累積在胸中的怒氣。

「喂喂？」

手機傳出男人的聲音，智惠的腦袋頓時一片空白。她回過神之後才發現自己已經掛斷電話，全身無力地癱坐在地上。

野野子有別的男人……

她完全明白了。那女人和情夫合夥殺死了辰彥及辰彥的外遇對象，還誣陷辰彥是殺人凶手。

多麼可怕的女人。她一定要剝下那隻怪物的皮，一定要為辰彥報仇。

凜太不會有事吧？突然浮現的念頭讓智惠怕得渾身顫抖。

13

她把剪刀對準丈夫的領帶。

纖維斷裂的沙沙聲聽起來很嚇人，布料裂開的觸感從剪刀上傳來。黃褐色格紋領帶。剪斷的一截掉在垃圾桶裡。這應該是他以前的外遇對象送的禮物。

百井野野子停下動作，凝視著垃圾桶裡的領帶。

你這個叛徒！人渣！我早就知道你在外面搞七捻三了！

她靜待著自己心中萌生出強烈的憤怒和嫉妒，但是等了很久，她期待的感情還是沒有出現。野野子機械似地繼續剪著領帶，直到最後一片領帶掉進垃圾桶，她的心依然平靜無波。

剪那條心形圖案的領帶時也是一樣。最近丈夫說要出差，出門時都是戴那條領帶，所以她猜那領帶應該是丈夫現在的外遇對象送的。她試著裝成怨恨丈夫外遇的妻子剪斷領帶，但當時也是什麼感覺都沒有。

丈夫原本是野野子公司的客戶，開會幾次之後，他開始邀她出去喝酒，兩人才剛交往沒多久，野野子就懷孕了。在此之前他們相處得很不錯，每天過得如夢幻般快樂，就像施加了閃閃發亮的魔法。

但是野野子一懷孕，就像有人在她眼前用力拍手，把她給驚醒了。她對丈夫感到陌生，也無法理解自己先前為何那麼開心。

野野子對丈夫不但沒有愛，連親近感和情誼都沒有，這點一直令她很後悔。凜太還沒出生時，丈夫就開始外遇了，可是野野子就算發現了也不以為意，她有時甚至覺得，與其面對這麼空虛的心，還不如滿懷怨恨來得踏實。為了減輕自己的後悔，野野子努力依照丈夫的期望扮演一個好妻子，但丈夫一定知道妻子的心中根本沒有他，即使如此他還是秉持著丈夫的責任，繼續維持這個家庭。

或許是我欠缺了愛這種感情。一想到這點，野野子就覺得害怕。

野野子探頭看看房間，凜太正蓋著棉被沉沉睡著。

今天她跟客戶開會之後就直接回家，所以比平時提早兩個小時到家。凜太最近在托兒所似乎都沒睡午覺，回到家一吃完點心就睡了，大概三個小時之後醒來，然後整晚都睡不著，作息整個都亂了。

野野子以前都讓凜太睡到自然醒，她開始考慮是不是該強迫他起床。想到這裡，她想要上網搜尋看看，摸索包包卻找不到手機。又來了。她對自己感到厭煩。手機大概丟在公司或開會的地方了。

家裡沒有室內電話，野野子先確認凜太睡得很熟，然後才匆匆地跑到一樓打公共電話。她撥了自己的手機號碼，接聽的是公司的同事，他笑著說「妳又忘記手機了，就丟在桌上」。

「還好是放在公司。」

「剛才有人打過來，來電顯示是百井媽媽，我擔心有急事，就幫妳接聽，可是對方立刻掛斷了。我是不是不該接啊？」

「沒關係，謝謝你。我會回電給她的。」

掛斷電話回到家，凜太還在熟睡。

野野子坐在凜太身邊，看著他稚氣的睡臉。嘶～嘶～。凜太規律地呼吸，散發出孩子特有的香甜氣味，聞起來像是烤餅乾的味道。

其實我根本不愛這個孩子吧？

野野子的腦海又浮現了平時自問的問題。從生下凜太之後，這個疑問一直跟著她。

她喜歡凜太、疼愛凜太，把凜太看得非常重要，但她不確定自己是真的打從心底愛著孩子。她不知道其他母親是不是也會像她一樣，老是問自己這種沒有答案的問題。

正在思考這些事的時候，她突然想起婆婆來電的事。

婆婆會有那種歇斯底里的言行，是不是自己一開始做得不對？她應該把警察正在找辰彥的事立刻告訴婆婆才對。

野野子的母親很不喜歡聽到討厭或麻煩的事，像是沒錢花、被同學漠視、遲遲找不到工作、凜太的成長有些遲緩。每次野野子提到這些事，母親就會很反感地說「我只想聽開心的事喔～」，所以她也會盡量避免跟婆婆說些不愉快的話題。不過，這次是不是應該說呢？

想到婆婆全身散發出的悲慼，野野子的心就揪了起來。

如果凜太失蹤，我也會變成那樣嗎？一想到這裡，野野子突然很害怕，她怕自己不會有相同的反應。

野野子最害怕的是，如果發生了危急的事態，她或許會捨棄凜太，選擇母親。

她知道自己依然被十五年前的事束縛著。

當時母親選擇了我，而不是亮。母親相信了我，用行動證明了我在她的心中更重要。

——我把那傢伙宰了。

她的耳中浮現了母親的聲音。彷彿訴說著祕密的悄然聲音。

那是母親把亮趕走幾天後的深夜。母親下班回家就把熟睡的野野子搖醒，吐出充滿酒味的氣息說出這句話。野野子疑惑地說「咦？」，母親揚起了嘴角。

——放心吧。我把那傢伙宰了。

她的語氣比剛才更清晰明確。

大約兩年後，廢棄工廠裡發現了一具身分不明的男屍。當時野野子已經高二了。發現遺體的幾天後，警察來找她母親。她說母親出去工作，警察一聽就走了，似乎知道她母親在哪裡工作。之後母親沒說發生了什麼事，野野子也沒問。

那陣子野野子帶回來一隻貓，養在公寓後面那間快要倒塌的小組合屋。那隻貓圓滾滾的身體越來越瘦，眼睛變得混濁，鼻子流出血水。野野子用紙箱和浴巾幫牠鋪了床，給牠食物和水，但牠好幾天都沒吃東西。貓認得野野子，見到她並沒有跑走，而是小聲地喵喵叫。

野野子本來打算拿到打工的薪水就要帶牠去看獸醫，結果薪水全被母親拿走了。不，說得更正確，薪水不是被拿走的，而是母親說「糟糕！我沒錢付帳了，借我一點吧」，她就自己雙手奉上了。罪惡感讓野野子好幾天都不敢去看貓，第三天的早上她才走進組合屋，但貓已經丟下食物跑掉了。

野野子一直很擔心，自己是不是會繼續重蹈覆轍，是不是在面對生命二選一的時候又會選擇母親、捨棄凜太？

其實她都知道。

十五年前，母親那麼生氣並不是為了她，而是無法原諒欺騙自己的男人。母親想要保護的不是她，而是自己的尊嚴。所以就算母親真的殺死了亮，她也沒必要承擔任何責任，母親這麼做都是為了自己。

即使野野子理智上明白，但她的心還是被當時的事情束縛著。

警察為什麼去找她母親兩次？難道找她丈夫只是藉口，其實是要調查十五年前的事？

野野子用食指按著發出甜美氣息而沉眠的凜太的臉頰。指尖感受到的彈性、包覆著手指的溫暖，讓她突然很想哭。愛憐和悲傷交纏繚繞，幾乎淹沒她的心。

為了擺脫喘不過氣的痛苦，她猛然站起。

趁現在有空，先來收拾屋子吧……不，應該先回電給婆婆才對。

客廳的門突然打開，野野子的口中發出「嘶」的吸氣聲。看到出現在眼前的婆婆，令她倒吸一口氣。

婆婆的模樣很嚇人，披頭散髮，充血的眼睛怒目而視，慘白的臉上滿是汗水，喘得上氣不接下氣，彷彿剛跑完百米。

「凜太！」

她的聲音如同慘叫。

婆婆推開說不出話的野野子，一看到房間裡的情況就癱坐在地上，在喘氣的同時還不斷喃喃說著「喔喔……太好了……太好了……」。

婆婆突然回頭，野野子嚇了一跳。她幾秒鐘前的可怕模樣已經消失，換了一副安心的表情。野野子也放下心中大石，好不容易才開口說：

「媽媽，妳怎麼了？」

「妳還問我怎麼了？剛才我在雲雀之丘站打電話給妳，竟然是一個陌生男人接的，我還以為凜太和妳發生了什麼事，才趕緊跑過來。」

「對不起，我的手機丟在公司了。接電話的人是我的同事。」

「原來如此。哎呀，嚇死人了。」

婆婆想像了怎樣的情況？野野子閃過了這個念頭，但沒有繼續深究。

「妳把手機丟在公司了？這怎麼行呢！如果辰彥打電話回來該怎麼辦？」

婆婆怕吵醒凜太，說得很小聲，但她的語氣就是在責備野野子。

「對不起。」

「現在是非常時期，妳竟然在這種時候忘了手機，到底在搞什麼啊？」

野野子看看牆上的時鐘，現在還不到五點，去公司要一個小時。如果她不去拿手機，婆婆恐怕不會善罷甘休。

「我會照顧凜太的。我們講了這麼久都沒吵醒他，他應該還會再睡一陣子吧。」

野野子還來不及回答，婆婆又補上一句「路上小心，早點回來喔」。

在快步趕到車站的途中，野野子無意間望向常去的便利商店，看到一個金髮女人。

站在櫃檯前的女人就是住在他們家公寓一樓的金城，陪在她身邊的是廣田。金城家和廣田家的孩子和凜太去的是同一間托兒所。她們兩人應該都還沒去接孩子，剛好現在沒有其他客人，她們正在和店員聊天。果然，那位店員就是住在金城家對面的松本。

金城最喜歡講別人的閒話，對他們家的事一定很有興趣。在托兒所說長道短的人多半就是她。

野野子趁著金城還沒看到她，趕緊經過便利商店。

開往池袋的電車還有空位，但她因為心急，所以不想坐下。她抓著拉環，看著車窗外的風景。出門時天色還很亮，現在已經變成黃昏的色彩。時間才過了二十分鐘，她卻覺得好漫長。胸中騷動不已，呼吸急促。

為什麼她會這麼不安呢？是因為沒有交代婆婆要給凜太吃什麼嗎？冰箱裡有炒飯和蔬菜牛奶湯，凜太醒來以後，婆婆會熱給他吃嗎？想到這裡，野野子才發現自己擔心的不是凜太的飲食，因為婆婆以前也幫忙照顧過凜太，吃飯、換尿布、洗澡，她都知道要怎麼做，沒有出過任何問題。那是為什麼呢？自己擔心的到底是什麼事？

野野子注視著映在車窗上的自己。黑眼圈，臉頰鬆弛，她簡直不認識那個一臉疲憊盯著她的人。此時她突然想起一張凶神惡煞的臉龐，心中暗驚，一想起那是婆婆剛才的臉龐，她就心臟狂跳，終於明白自己為何這麼不安。

婆婆為什麼會露出那麼嚇人的模樣？為什麼一定要叫她去公司拿手機？為什麼要讓她離開凜太的身邊？

野野子感覺全身的毛孔都冒出了冷汗。

到了下一站，她立刻換成反方向的電車。才過了一下子，風景已經褪色，夜幕正要掩蓋地面。她本想掏出手機，才想起手機丟在公司了。她突然好想哭。老是這樣，我在面臨重大選擇的時候總是選錯邊。

她在雲雀之丘站下車，衝回自己家的公寓，跑上樓梯，連鑰匙都沒拿就直接握住門把。

門沒有上鎖。

「凜太！」

她脫下鞋子丟開，衝上短短的走廊。不用走進客廳，不用看臥室，她就知道凜太不在了。

家裡亂成一團，客廳、廚房、臥室裡所有家具的抽屜都打開了，東西都被翻到地上。衣櫃也是開著的，裡面被翻得亂七八糟。

野野子的心臟在狂跳的同時還懸在半空中。她感覺自己隨時都會昏厥。

婆婆把凜太帶走了。但她不知道婆婆為什麼帶走凜太，為什麼要翻箱倒櫃。

如果這不是婆婆做的……

這個更可怕的想像令她差點失聲驚叫。

如果把凜太帶走的是其他人……？

野野子衝出家門。她沒有想到打電話報警。

她不知道該去哪裡好，只是一個勁地狂奔，碰上十字路口，她有時轉彎，有時直走，一路跑到了車站。

到了站前廣場，她四處張望。大概是池袋來的電車剛到站，一大群通勤的乘客從站裡走出來，她衝開人群跑向車站時，突然看見一個熟悉的身影，急忙停下腳步。

「凜太！」

野野子呼喊著兒子的名字，但她的聲音沒有傳到兒子的耳中，反而是那邊的聲音清楚地傳了過來。

「這是我的孫子！不要把他帶走！再這樣下去這孩子會被殺掉的！」

婆婆淒厲地叫著，把手伸向凜太。兩個警察擋住她的手，安撫地說道「好啦好啦，冷靜一點」，還有幾個看熱鬧的人圍在旁邊。

「凜太！」

這次她的聲音被聽見了。

凜太轉過頭來，看見母親，立刻天真地大喊「媽媽！」。有個白髮女人正牽著他的手。

「小凜！你聽話，過來奶奶這邊！快過來！」

婆婆氣急敗壞地叫道。

野野子跑過去，抱起凜太。凜太「哇！」地放聲大哭。

「妳是這孩子的母親嗎？」

被警察一問，野野子頻頻點頭。她說不出話了。凜太趴在她的懷裡「媽媽！媽媽！」地哭叫。

「我不會把凜太交給妳的！妳才沒資格當他的母親！妳想把那孩子怎麼樣！」

為了躲避婆婆的魔掌，野野子緊緊地抱住凜太。

「這人真的是孩子的奶奶嗎？」

警察問道，野野子還是默默點頭。她滿心混亂，完全無法思考。

「就算是奶奶也太奇怪了吧？」

說話的是剛才牽著凜太的白髮女人。

「我聽到這孩子哭叫著『媽媽！媽媽！』，就主動跟他說話，她卻抱著孩子跑掉了。看在我這多管閒事的老太婆的眼中，當然會以為孩子被綁架了嘛。」

野野子仔細打量這個白髮女人，才發現她是住在公寓一樓的松本。

「原來她真的是這孩子的奶奶啊。聽他哭得那麼大聲，我還以為不是呢。」

松本說完，露出傷腦筋的笑容。

松本說自己剛結束便利商店的打工，正要去車站另一邊的商店街買東西，突然看見野野子的婆婆抱著凜太匆匆走著。因為凜太哭得太厲害，她覺得不太對勁，想要跟野野子確認又沒有她的手機號碼，先回公寓又怕會跟丟，於是直接上前攀談。

你是百井家的凜太小弟弟吧？媽媽呢？

結果婆婆立刻抱著凜太跑走，眼看就要坐上計程車，松本死命地拉住她，附近派出所的警察見狀就跑了過來。

「這個女人！」

婆婆突然指著野野子。

「她是個可怕的女人！她殺死了我的兒子！我有證據，你們看！」

婆婆從包包裡拿出一條領帶。

「她就是用這東西勒死我兒子的，你們去查就知道了。我已經請一位叫三矢的刑警去調查了！」

她說完就把領帶塞給警察。

「再這樣下去連我孫子也會被殺死的！這是我兒子留下的孩子，我一定要保護他！」

婆婆說得口沫橫飛。

「我知道了，我知道了。妳跟我們去那邊慢慢說吧。」

警察拉著婆婆走了。

看到婆婆走遠，野野子勉強撐住的雙腿頓時發軟，抱著凜太踉蹌了幾步。

「妳沒事吧？」

「沒事，謝謝妳。」

「我好像太多事了，真是抱歉。」

「不會，妳幫了我一個大忙。」

「話說那個奶奶是不是不太正常啊？她會不會又做出一樣的事啊？」

松本這句話讓野野子驚恐不已。

婆婆雖然被帶到派出所，但應該不會被監禁或逮捕。雖然是婆婆把她支開，但她自己也主動請婆婆幫忙照顧孩子，就算婆婆趁她出去時帶走孩子，也不構成任何罪名。

野野子忍不住往後看。她很擔心婆婆隨時會披頭散髮地追上來。

「你們家還真是災難不斷呢。」

松本的語氣像是同情，又像是幸災樂禍。

這件事大概明天就會傳到金城的耳中，然後又傳到托兒所。即使如此，現在有松本陪著還是讓野野子覺得比較安心。

一走進公寓，松本就笑著揮手說「凜太小弟弟，拜拜」，已經不哭的凜太也開心地回答「拜拜」。松本道別之後轉身開門，然後又像是突然想起似的，回頭對野野子說「妳要把門鎖好喔，就算婆婆來了也不要開門喔」，野野子才想起一件事。

「鑰匙……」

「啊？」

「我們給過她鑰匙。」

「咦咦！」

雖然還有門鏈，但門鏈隨便拿一支工具就能剪斷。

野野子緊緊握住凜太的手，注視著松本。或許是她的眼神充滿了哀求，松本輕輕嘆了一口氣。

「要不要先到我家坐一下？」

松本一臉無奈，但還是把門大大地敞開。

14

三矢說，他找了那個人三次，對方才答應見面，但是只能談三十分鐘。

在所澤站附近的家庭餐廳，那人在約好的晚上七點準時出現了。三矢抬起視線，看見一位矮小的中年男人。岳斗看出他就是三矢約的人，便換到三矢旁邊的座位。果然，店員領著那人走到岳斗他們這一桌。

三矢站起來，鞠躬說「我是三矢，勞煩你在百忙之中跑這一趟」，那人沒有看三矢，只是含糊地點點頭。他點了咖啡之後，小聲而堅定地問道「找我有什麼事？」。

「是為了水野大樹的事。」

聽到三矢的回答，那人的表情沒有變化，似乎早就猜到了。

少年的父親水野克夫在兒子意外身亡的幾個月後就向公司辭職，從前林市搬到埼玉縣所澤市，而且不久之後就離婚了，現在已經另組家庭。

「你現在還是不知道大樹那一晚為什麼要出門嗎？」

水野克夫等店員送上咖啡之後，才簡潔地回答「不知道」。

「你知道大樹可能有你公司車子的備用鑰匙嗎？」

水野克夫沒有抬起視線，輕輕點頭，然後說「但我聽說警方也不確定我兒子有沒有拿過那支鑰匙」。

「是的，只是有這個可能。」

水野克夫癟了癟嘴巴，一邊說著「可是」一邊露出自嘲的表情。

「公司裡有很多人在胡亂猜測，而且無論是不是我兒子做的，我確實沒發現鑰匙被人複製了，必須承擔保管不當的責任。」

岳斗心想，他是因此才會在公司待不下去嗎？

「你是因為這件事而離職的嗎？」

三矢單刀直入地問道，水野克夫像在思索地癟著嘴。

「是啊……不過就算沒有備用鑰匙這件事，我大概也會辭職吧。」

「為什麼？」

被三矢這麼一問，水野克夫沉默良久，才抬起視線說「何必問這些事呢？都這麼久了」。他似乎不是生氣或厭煩，而是單純地感到奇怪，但還是帶著一絲悲愴感。

「我正在調查一件凶殺案。」

三矢停頓一下，又說「大概二十天前，新宿區的某間公寓有位年輕女性被殺死了」。水野克夫只是輕輕點頭，他大概不知道這件案子，又或許是不在乎。

「我正在調查那件案子和水野大樹死亡的事有沒有關聯。」

水野克夫露出訝異的表情，問道「你是說我兒子的意外事故？」。

「雖然那是意外，但我還是不明白大樹那一晚為什麼會死。」

這和年輕女性被殺的案子有什麼關係？水野克夫一定也感到不解，但他並沒有開口發問。他只是擺出一副捨棄了重要事物的灰心表情，嚥下了自己的疑問。

「你還沒回答我的問題，為什麼就算沒有備用鑰匙那件事你還是會辭職？」

「因為我太太。」

水野克夫的語氣像是又放棄了什麼東西。

「你是說泉太太嗎？她怎麼了？」

「我兒子出事後，她的心就生病了。她害大樹學校裡的一個女孩受傷了，因為她在爭執時把對方推到馬路上，還好那女孩沒被車撞到，只是扭傷了腳，沒有鬧上警察局。後來她又變本加厲，跑去警察局叫他們把開警車的人交出來，說那個人害死了大樹。警方在河裡找到我們公司車子的鑰匙後，她又跑到我們公司大吵大鬧，說我們公司害死了大樹。沒過多久我們就離婚了。是我太太主動要求的。」

他似乎特別強調「太太主動要求」這一點。

「泉太太現在怎麼樣了？她婚前的舊姓是猿渡吧？」

水野克夫沒有回答，只用搖頭表示不清楚。

「離婚以後，你跟她聯絡過嗎？」

「一次都沒有。」

「你們的女兒沙良呢？」

「好像在美國吧。我跟她也很久沒聯絡了，不知道她現在怎麼樣。沙良一直不原諒我跟別人再婚。」

無論問他什麼，他都回答得很平淡，像是在談陳年往事。對水野克夫來說，泉和沙良或許都只是十五年時間的牢籠所封閉的過往事物。

他看了看手錶，正要準備告辭時，三矢卻搶先說：

「你什麼都不知道呢。」

水野克夫疑惑地抬眼看他。

「大樹和沙良是你的孩子，泉太太雖然和你離婚了，再怎麼說也曾經是一家人，但你對他們的現況卻完全不了解，應該說，你根本沒打算了解。我不是在責備你，只是覺得很奇怪，難道你不會想要知道他們的情況嗎？」

水野克夫似乎在思考三矢這番話的用意，但他最後臉頰抽搐，用不帶感情的語氣說：

「家裡沒有人不幸地死於非命的人是不會懂的。」

岳斗暗自感到心驚，偷瞄了三矢一眼，但三矢的表情還是一如既往，看不出心裡在想什麼。

看著水野克夫離開後，兩人走出了家庭餐廳。

三矢默默地走著，岳斗也默默地配合著他的步調前進。雖然和以前一樣不說話，但岳斗的心情卻和以前不同。

他想起三矢對水野克夫說的那句「你什麼都不知道呢」。

三矢和水野克夫都有家人因為不幸的事件而死於非命。雖然三矢自己沒說，但他一定很想搞清楚母親會死的理由，還有母親身上發生的所有事情。水野克夫看似極力遠離十五年前的事，但這並不代表他想要忘記死於非命的兒子，或許他每天都會想起兒子，又傷心又思念，還會為此掉淚。他的內心世界只有他自己看得到。

因為兒子的意外事故，水野克夫的家庭分散各處，他說不知道前妻的所在，也沒和女兒聯絡。對他來說，或許十五年前和現在沒有瓜葛，各自屬於不同的次元。

或許有些人必須這樣想才活得下去。沒有經歷過家人死亡的岳斗無法想像，但他可以理解，現實總是比想像得更複雜。

如果換成是自己會怎麼樣呢？若是這樣自問，他立刻就能給出答案，但那也只是想像的答案，等到自己真正碰到這種事的時候，他不知道自己會有什麼反應。

「看起來是不是老了點？」

三矢突然說道。

「啊？什麼？」

「我是說水野先生。水野克夫先生現在五十九歲，但他看起來好像更老？」

岳斗也這麼覺得。他理成平頭的頭髮很稀疏，其中摻雜著白髮，臉上刻劃著深深的皺紋，眼窩凹陷。岳斗不知道他的年齡，只覺得他看起來像是六、七十歲。他一定過得很辛苦吧。岳斗差點說出這句老套的話，又急忙吞了回去。

跟水野克夫的會面很簡短，也沒得到具體的收穫，但是越深入調查十五年前的事，他就越覺得小峰朱里被殺死的案件和水野大樹意外身亡的事脫不了關係。若是能查出水野大樹死亡的理由，或許就能找到百井辰彥的下落。

等紅燈的時候，三矢的手機響了。

他把手機貼在耳邊，表情突然變得僵硬，隨即像平時一樣淡淡地回應「……這樣啊……是……是……」。講完電話後，他看著岳斗。

「剛剛找到百井辰彥先生的遺體了。」

「咦！」

搜查總部的人都說百井可能早就死了，但是聽說遺體找到了，岳斗還是非常震驚。

百井的遺體是在武藏村山市的森林裡找到的，第一發現者是一位溜狗的老人。司法解剖之後才能確定死因，但到場的驗屍官從舌骨骨折初步研判可能是被勒死的。

「勒死？他是被殺害的嗎？不是自殺？」

「似乎是這樣。聽說遺體埋在土裡。驗屍官說大概已經死了兩、三週。」

「兩、三週……」岳斗重複說著。

百井最後一次被人看見大約是三週前的事，是在家附近被監視器拍到的。也就是說，他不久之後就被人殺死了。

發現遺體的那一帶從夜間到早上車輛不多，現在警察正針對百井失蹤的那段時間做自動車牌辨識。

百井辰彥是被殺害的……所以小峰朱里不是被他殺死的？還是他先殺死了小峰朱里才被其他人殺害？殺死百井的人是誰？和十五年前意外身亡的少年有關嗎？

無論事實如何，一定很快就會召開搜查會議。

「我們要立刻回搜查總部吧？」

岳斗問道，三矢卻給了否定的答案。

「不，先去百井先生家。從這裡過去很快就到了。」

「可是……」

「聽說聯絡不上百井野野子太太。」

「咦……」

遺體經過DNA鑑定，確定是百井辰彥本人，但警方目前還聯絡不上死者家屬野野子。她的手機丟在公司了，接電話的是她的同事。

「我們走吧。」

三矢拔腿奔跑。

百井辰彥家裡的大門沒有鎖。

「百井太太，妳在家嗎？百井太太？」

三矢一邊大喊一邊走進大門，進了走廊，岳斗也急忙跟上。岳斗感到心跳變快，意識到自己很緊張，但腦袋卻又很冷靜。

客廳開著燈，屋裡亂成一團，像是被人闖空門了，每個抽屜的東西都被翻出來丟在地上，衣櫃也被翻得一塌糊塗。

三矢在檢查臥室衣櫃時，岳斗去檢查了廁所、浴室和陽臺，回到臥室後，看到三矢正在講手機。

掛斷電話的三矢面有難色地沉默不語，還輕咬著下脣，彷彿正在思索複雜的謎題。岳斗等了很久，他依然沉浸在自己的世界裡。

「別悶著不吭聲，跟我解釋一下啊。剛才您在跟誰講電話？」

岳斗忍不住開口，三矢才意識到他的存在。

「喔喔，對不起。是附近派出所的員警。他正要趕過來。」

岳斗本來以為是闖空門，甚至是更糟糕的情況，譬如殺害百井辰彥的凶手綁架了太太孩子，結果他猜錯了。

「派出所員警說，翻箱倒櫃的是百井辰彥先生的母親。」

三矢說道。他的眼睛看著岳斗，但表情還是像在思索謎題。

「是百井智惠太太自己說的。」

「啊？」

「剛才百井野野子太太也在那邊。」

「咦？」

岳斗聽得一頭霧水。

派出所員警十分鐘後就到了，他看起來大概四十歲，和三矢差不多。這麼一想，岳斗才發現三矢很難看出年齡。

派出所員警說，今天晚上六點，百井智惠和百井野野子為了凜太而發生爭執，智惠趁著野野子外出時把凜太帶走了，有熟人發現不對勁，主動上前攀談，還跟智惠拉拉扯扯，派出所員警見狀就跑去關切。地點是雲雀之丘站附近的計程車招呼處。員警還在安撫情緒激動的智惠，野野子就慌慌張張地跑來了。

「當時我不知道她們和成立了特別搜查總部的案件有關……對不起，我後來知道這件事還嚇了一跳。」

員警誠惶誠恐地說。

「把屋子翻成這樣的是百井辰彥先生的母親嗎？」

三矢再次確認。

「是的，她說是為了找尋兒媳婦殺死兒子的證據才會到處亂翻。她看起來很激動，很不正常。她還交給我八條領帶，說那是證據，要我拿給三矢警部補。其中有一條被剪碎了，她還一直說那是陷阱什麼的，我聽不太懂。」

後來她的丈夫百井裕造來把她接走了。

陷入錯亂的她恐怕很快就會得知兒子遺體被發現的消息……不，說不定她已經知道了。一想到這裡，岳斗就覺得心情沉重。

既然翻箱倒櫃的是百井智惠，那就不是闖空門或綁架了。所以野野子和凜太是出去買東西或吃飯嗎？可是大門卻沒有鎖。

陷入沉思的三矢猛然抬頭，像是想到了什麼。他用最簡潔的方式向派出所員警問道「熟人？」。

「啊？」

「你剛才說有個熟人發現智惠太太帶走了凜太。那個熟人叫什麼名字？」

「呃，我沒有問……」員警一副抱歉的表情。

「長什麼樣子？」

「是個年邁的女性，白頭髮，大概七十歲左右吧。她雖然年邁，但看起來很有精神，好像住在附近。」

岳斗和三矢想到的應該是同一個人。他們同時跑出門外，衝到樓下。

三矢按下一〇四號房的門鈴，不等住戶回應就直接開門。

「松本女士，妳在嗎？」

三矢叫道。

走廊底端的門縫透出客廳的燈光，和幾十分鐘前看到的情景相同。一走進客廳，三矢就愣住了，過了幾秒才說「原來妳在這裡」。

坐在客廳裡的是百井野野子。

她跪坐在小矮桌前，驚訝地挺起上身，一臉不安地看著三矢。

「妳在松本女士家裡做什麼？」

「我在等人。」

「等誰？」

「凜太。」

「凜太去哪裡了？」

「可能是和松本女士出去買東西了。」

野野子回答得很平淡，但臉色有些蒼白。她像是為了抹消自己的不安，又繼續說：

「是我拜託她的。因為我婆婆可能又會跑來，所以我請松本女士讓我在她家躲一下。她似乎有些為難，但還是答應我了。我剛剛去便利商店買晚餐，回來卻沒看到松本女士和凜太，不過大門沒鎖，所以應該很快就會回來了。他們兩人一定是出去買東西了。也有可能是凜太吵著要找我，所以他們就出去找我了。啊，這麼說來我應該要出去找他們，但我又擔心會跟他們錯過。」

「妳是多久之前發現他們兩人不見的？」

野野子的視線從三矢的身上移到小矮桌上的便利商店塑膠袋，彷彿那裡寫著時間似的。她歪著頭，回答「大概一個小時以前吧」。

氣氛突然變得緊張。野野子像是被這緊張感貫穿了，她猛然抬頭說：

「不會有事吧？他們很快就會回來了吧？」

「妳和松本女士很熟嗎？」

「算熟嗎……松本女士在附近的便利商店工作，我頂多只是在便利商店或公寓碰到她時打個招呼，偶爾站著聊幾句。可是剛才我婆婆帶走凜太時，是她主動站出來幫忙的。」

三矢觀察著客廳的情況。

岳斗也覺得怪怪的。松本家和百井家格局不同，少了一個房間，只有一房一廳附廚房，不過擺設未免太單調了，客廳裡只有電視和小矮桌，連餐桌和櫃子都沒有，他瞄了房間一眼，能稱得上家具的東西只有一個塑膠儲物箱。

「那是『Clover』的！」

岳斗聽到野野子訝異的叫聲，回頭一看，三矢拿著一個蛋糕盒子，那光滑的白色盒子畫了一株鮮豔的綠色苜蓿。他似乎是從冰箱拿出來的。

「這間店很有名嗎？」

三矢拿著盒子問道。

「是的。」

「放在冰箱裡的只有盒子，裡面沒東西。」

「可是，『Clover』是前林市的蛋糕店。」

「前林市？」

岳斗也同時叫了出來。

前林市、十五年前、意外身亡的少年。岳斗想起這些詞彙，頓時感到坐立不安。

三矢轉頭對站在岳斗背後的派出所員警說：

「請你用無線電聯絡其他員警，要找的是一歲九個月大的男孩和七十歲左右的女性。」

「那個！」野野子站了起來。「我還是去附近找找看吧，說不定他們回我家了，說不定是去了松本女士工作的便利商店。我剛才去的是另一間便利商店，早知如此我應該去松本女士工作的便利商店……」

「百井太太。」

三矢的聲音並不大，卻能撼動空氣。

「請妳先去警察署吧，剛才妳先生被人發現了。很遺憾，他已經過世了。」

野野子的嘴脣微微顫抖著，像是想要發出疑惑的「咦？」，但又放棄了。她表情僵硬，眼睛失去焦點，然後開始喘氣，最後用細若蚊鳴的聲音說「我還以為自己會更冷靜的」。

三矢請派出所員警送野野子去警察署。

「可是凜太……」

「沒事的，我們一定會找到他。」

野野子在員警的陪同下走了出去。

三矢開始檢查只放了極少生活必需品的屋內，一邊喃喃說著「有沒有能確認身分的東西」。

「我去松本女士工作的便利商店看看。她要在那裡打工，就必須提供能證明身分的文件。」

岳斗在大學時代也在相同的連鎖便利商店打過工，那是一間大企業，所以松本一定也會像他一樣被要求提供身分證件。

很幸運的是，站在櫃檯裡的剛好是店長。店長看到岳斗出示的警察手冊有些愕然，但立刻就拿出松本的相關文件，除了履歷表之外，還有駕照的影本。岳斗驚訝地說：

「這不是松本的吧？」

店長交給他的履歷表和駕照影本寫的都是另一個名字。

「不，這確實是松本的。」店長回答。「她說不想被已經離婚的丈夫找到，問我能不能用假名在這裡工作。聽說她丈夫經常向她施暴，她如果被找到可能會被打死。因為我們店裡很缺人手，而且我也想要幫助她，所以就答應了。呃……這樣應該不算違法吧？」

履歷表和駕照上的姓名欄寫的都是「猿渡泉」。她就是意外身亡的少年的母親，出生年月日顯示她今年五十七歲。

——看起來是不是老了點？

岳斗想起三矢在見過少年父親之後說的那句話。當時岳斗還準備說出「他一定過得很辛苦吧」的老套感想。

怎麼回事？怎麼回事？怎麼回事？

如同心跳一般，自己的聲音在頭蓋骨中迴盪不已。

前林市、十五年前、意外身亡的少年、少年會死的理由。

岳斗影印了履歷表和駕照，然後打電話給三矢。他才說了「三矢先生，我現在在便利商店……」就被三矢打斷。

「田所先生，總部剛剛聯絡我，說自動車牌辨識發現了可疑的車輛。那輛車在小峰朱里小姐被殺害的當天深夜去了發現百井辰彥先生遺體的那一帶，之後又折返了。」

有輛車在小峰朱里被殺害的當天深夜，去了發現百井辰彥遺體的那一帶又折返……也就是說，如果是那輛車把百井辰彥載去的，那百井辰彥就是跟小峰朱里同一天被殺死的。

「那是一輛出租車。」

三矢的聲音聽起來毫不興奮，反而比平時更低沉、更平靜。

「承租人已經查到了。」

三矢說出的名字，就是岳斗準備告訴他的名字。

15

大樹沒有死。

發生那件意外事故的幾個月後，泉做出了這個結論。雖然大樹死了，其實他不是真的死去，只是變得看不到、摸不到，但他依然在這裡，就在她的身邊。就算肉體消逝，也不代表他已經不在了。

她並不是一開始就完全相信，她只是想要相信，只是希望如此。這個念頭可以安慰沒有跟著大樹死去、苟活下來的自己。因為大樹還活著，所以我也要活著。如果不這麼想，她恐怕會變得不正常。

契機是她看的書本。人死了以後會怎麼樣？有所謂的死後世界嗎？活人能和死人交流嗎？泉看了很多相關書籍，她有的是時間。

這個家原本有四個人，不知不覺只剩下泉一個人。女兒沙良跑去跟奶奶一起住了，沒過多久丈夫就說要離婚。他不斷地道歉，把房子和存款都給了泉，逃命似地離開了前林市。

泉看的書都有一個共通點。

那些書都聲稱人死了以後不會消失，死掉的只有肉體，靈魂是不會死的。死者會化為魂魄陪伴在活人身邊，守護他們。有人批評這些書都是泉自己挑的，當然都支持這個論點，她卻充耳不聞。她覺得既然有這麼多書籍支持這種說法，既然有那麼多人說過撞鬼的經驗，她就可以相信人死了以後不會消失。

泉去找了自稱是通靈者的人，問他們大樹現在怎麼樣了？他的心情如何？有沒有什麼話想告訴母親？聽到他們回答大樹現在生活在一個幸福的地方、想要跟母親說謝謝、他很擔心母親，泉就當場哭喊「大樹！大樹！」，但是只過了一晚，她就不再相信透過別人嘴巴說出來的話真的是來自大樹。其中還有人說大樹沒辦法升天，必須為他超渡，但升天和超渡這些字眼聽在她的耳中都沒有意義。

最重要的理由是，泉覺得如果相信這些通靈者的話，就像是把大樹交給了他們。最了解大樹的人是我，最貼近大樹的人是我，就算在大樹死後也一樣。能接收到大樹訊息的人不該是這些通靈者，而是身為母親的我。

雖然大樹死了，但他沒有消失，他還在這裡，只是看不見、摸不到、聽不到聲音了。泉整天都在這樣說服自己。

早上一醒來，她就會說「大樹，早安，今天也麻煩你關照了」。白天動不動就閒聊「大樹，今天天氣也很好呢」、「大樹，你正在看媽媽嗎？」。晚上會說「晚安，大樹。我們會在夢裡相遇嗎？真想見到你」，但大樹總是沒有出現在她的夢中。

雖然她的結論是「大樹沒有消失」，但失落感和絕望並沒有因此減少。最折磨泉的是她的自責。大樹說不想待在家裡，是我逼死了大樹嗎？她無法抹消這些想法。

每次想起瀧岡鞠香，泉就會火冒三丈。虧她還說會一直喜歡大樹、絕對不會忘了大樹，結果卻丟出一句「我不想管了啦！」。那個女孩跟她在爭執之中扭傷了腳，但泉真心希望她當時被車撞死。

意外事故過了十個月左右，到了一月二十日，這是大樹的第十六次生日。

泉在 Clover 買了兩個小蛋糕，放在餐桌上。大樹過世百日後，骨灰就下葬了，現在家中沒有靈桌也沒有佛龕，牌位被丈夫拿走了。這是泉的意思，因為她相信大樹還在，所以家裡不需要牌位或佛龕那些弔唁死者的鬱悶玩意兒。

她望著餐桌上的巧克力蛋糕。

——我的巧克力蛋糕呢？

大樹的聲音清楚地浮現。

十個月前，慶祝大樹和沙良上榜的那一晚。大樹從二樓跑下來，聽到泉和沙良聊到蛋糕，就問母親有沒有買他最喜歡的巧克力蛋糕。

——哇，好棒喔，還有鮭魚子和蔥拌鮪魚呢。

大樹看到餐桌時，天真地如此喊道。他像孩子一樣直接地表達快樂。但這並不是真的。大樹不想要待在家裡，他在家裡覺得很拘束，需要常常出去散心，所以他那個晚上才會溜出家門。

泉由衷期盼著可以重新來過。

大樹是從什麼時候開始討厭待在家裡的？是一年前？還是兩年前？是升上國中之後？還是從小學就開始了？不管怎麼說，都是我讓大樹感到了壓力。

真想重新來過。真想重新來過。真想重新來過。至少最後一年……不，至少從大樹上國中之後……不對，應該從大樹小時候就重新來過。真想重新和大樹一起生活。

泉愕然地注視著眼前的巧克力蛋糕。

我可以重新來過啊。一想到這裡，她感覺天上彷彿灑下了光芒，像聚光燈一樣照亮了她所在的餐桌。

肉體死亡之後靈魂依然活著，就是這麼回事嗎？她感覺司掌光明的神正在這麼對她說……

從今天重新來過就好了。

泉拉開餐具櫃的抽屜，拿出一根小小的蠟燭，插在巧克力蛋糕上點燃。她看著搖曳的火苗，腦袋裡播放著生日快樂歌。

今天是大樹的生日。

她沒辦法想像大樹十六歲的模樣，但她彷彿清楚看見一歲的大樹就在眼前，那甜美的體香、飽含溼氣的呼吸、軟綿綿的手臂，都鮮明地浮現在腦海中。她大可從今天、從現在開始重新來過。

今天大樹滿一歲了。

這麼一來，至少接下來的十四年她都可以和記憶中的大樹一起生活。為了不讓十五歲的大樹在家裡感到拘束而在半夜偷溜出去，她要從現在開始重新來過。

從這天開始，泉每天都和年幼的大樹一起生活，她抱著大樹，和大樹一起洗澡，晚上在棉被裡為他唱搖籃曲，她最重要的事就是一心一意地愛著大樹。不能再追求自己的幸福快樂，不能再貪心，她整顆心都要奉獻給大樹。

大樹滿兩歲之後，泉開始去麵包店打工。她無論走到哪裡都可以帶著沒有肉體的大樹，隨時都能陪伴著他。

但她還是會不時突然回過神來，就像魔法突然解除，她會突然感到空虛，不知道自己到底在做什麼。空虛感還會帶來可怕的虛無，每次遇到這種情況，泉就會衝動地想要立刻尋死，能制止她的都是沒有肉體的年幼的大樹。

就在那一陣子，她在書店看到一本書。

廣告單上寫著「靈魂不滅！人會不斷投胎轉世！揭開輪迴神祕面紗的全球暢銷書！」，那是美國的精神科醫生寫的書。泉拿起那本書，還沒翻開封面就感覺到「這本書是為我寫的」。

泉的直覺猜中了，那本書可說是她先前看過的所有相關書籍的集大成之作。寫那本書的精神科醫生在治療某位患者時，發現真的有轉世投胎這種事，那位患者在催眠狀態下回溯幾百年前，說出了好幾代之前的記憶。內容看起來相當可信。

就算肉體死了，靈魂也不會死。靈魂會一直活著，人會不斷地投胎轉世。

這些內容和泉之前看過的書差不多，但作者是美國的菁英精神科醫生，寫的是臨床治療發生的事，而且這本書還銷售到世界各地，足以令她相信大樹真的沒有死。

我果然是對的，大樹沒有死，只是看不見了，他現在還活著，只有身為母親的我感覺得到。

泉繼續和大樹一起生活。

若干年後，大樹第二次的十五歲生日到了。這天發生了奇蹟。

家裡的信箱收到了另一個大樹寄來的信。

給三十歲的自己

我是十五歲的自己。我現在讀國中三年級，明天就是畢業典禮了。

這是我們三年一班的活動，要寫信給年齡是現在兩倍的自己。

我很好奇三十歲的自己會是怎樣的人。

到了三十歲，我就是個大叔了。真不敢相信我會變成大叔。

希望我能認真地過著一個大叔的生活。

那時的我在做什麼工作呢？我現在有點想當醫生或物理學家，但是以後或許會改變。

那時的我結婚了嗎？說不定還有孩子……真難想像自己變成父親的樣子。

我在此悄悄地說（悄悄地寫）。

如果家人看到這封信，一定會笑我的。

不過那是十五年後的事，早就超過時效了。到時我只會覺得這是一段回憶兼笑話吧，沒啥大不了的。

如果三十歲的我已經結婚，太太應該是乾野野子吧。因為我覺得她能理解我。

如果我的結婚對象不是她，請立刻丟掉這封信。

給三十歲的自己。

十五歲的我過得很幸福。

爸爸、媽媽、姊姊，謝謝你們。

十五歲的自己　敬上

泉拿著這封信，雙手劇烈地顫抖，淚水滴在餐桌上。

悲傷、憐愛、懷念、失落，各式各樣的感情交融在一起，幾乎衝破她的胸口。

泉非常感動。今天滿三十歲的大樹，以及今天滿十五歲的大樹。這是兩個大樹相遇、奇蹟般的一刻。

泉覺得這封信是個啟示，是掌控輪迴的神給她的訊息。

和泉一起重新生活的大樹順利長到十五歲了，他沒有在家裡感到拘束，也沒因母親感到壓力。大樹再也不需要在半夜溜出家門了。

泉心想，他們相遇了。十五歲的大樹和三十歲的大樹，靈魂超越生死連結在一起了。

她注視著信中的乾野野子這個名字。

泉翻開國中畢業紀念冊，找到了這個女孩。她和大樹一樣是三年一班，瀏海在眉上剪齊，臉頰渾圓，眼神柔和。

大樹喜歡這個女孩嗎？他和這個女孩交往過嗎？

如果三十歲的我已經結婚，太太應該是乾野野子吧。因為我覺得她能理解我。

大樹不是和瀧岡鞠香交往嗎？一想到這裡，遙遠的記憶就甦醒過來。她和鞠香發生爭執之後，鞠香的朋友是不是來拜訪過她？那個戴眼鏡的女孩是不是跟她說過最好不要相信鞠香說的話，因為鞠香是個騙子，最好不要再跟鞠香見面？當時泉的腦袋很混亂，分不太清楚現實和幻想和惡夢。

大樹喜歡的人不是瀧岡鞠香，而是那個叫乾野野子的女孩。他愛她愛到想跟她結婚。三十歲的大樹這麼告訴她。

一個月以後，泉拿到了乾野野子的地址。

泉請來調查的人說，野野子目前住在東京雲雀之丘，已經結婚，有個一歲大的兒子，平時會把兒子放在托兒所，她在科技公司上班，現在姓百井。

聽到野野子已經結婚的消息讓泉非常震驚，但她隨即轉換心情，覺得這也是無可奈何的。因為野野子不知道大樹還活著。

泉一聽說野野子家的公寓樓下有一間空房，就立刻搬進去。為了經常見到野野子，她還去附近的便利商店打工。

每次見到野野子，她都會帶著一個叫凜太的小男孩。推著深藍色嬰兒車的野野子。張著嘴巴躺在嬰兒車裡熟睡的凜太。看著兒子搖搖晃晃走路的野野子。發出怪叫奔跑的凜太。向泉道歉說「對不起，我們太吵了」的野野子。朝母親伸出雙手叫著「媽媽」的凜太。

我想得到這兩個人……

與其說「得到」，應該說她必須把他們「搶回來」。那是大樹的老婆和孩子，大樹的家人，他們是屬於我的。

泉發現野野子總是帶著恍惚的神情，每次見面時她都會笑著向泉打招呼，還會閒聊幾句，但她總是散發著灰心和疲憊的感覺，似乎過得很不幸福。泉認為這是因為她和不該結婚的對象在一起，她真的猜對了。

野野子的丈夫辰彥有外遇。他沒發現泉在跟蹤他，每到週末就會去外遇對象的公寓，旁若無人地兩人一起外出。看到那年輕女人勾著辰彥的手臂向他撒嬌，泉就會想起鞠香。

她明明說會一直喜歡大樹，結果沒過多久就一臉痴迷地看著其他男人。何止如此，她說和大樹交往過也是騙人的。

那個說謊的女人，以及背叛了大樹想娶的野野子跑來找這種女人的辰彥，這兩人褻瀆了大樹，搶走了大樹的容身之處。泉發誓絕不原諒他們。

泉毫不猶豫地決定要殺死這兩人。說不定在她發現辰彥外遇的那一刻就已經做出決定了。

她模擬過很多次。為了繼續待在野野子和凜太身邊，她絕對不能被抓。她想出了周全的計畫，最好的方法就是先殺死辰彥的外遇對象，再嫁禍給辰彥，藏起他的遺體。只要辰彥沒被找到，野野子就不會再跟其他男人結婚，這樣泉就可以一直待在他們兩人的身邊了。

她買了領帶和電擊棒，調查過監視器的位置，選好了棄屍的地點，還事先挖好了洞。再來就只剩行動了。即使肉體死了靈魂也不會死，所以殺人也沒什麼大不了的。泉如此說服自己。

星期五晚上，小峰朱里聽見門鈴聲，想都不想就去開門。泉早就知道她和辰彥約好的暗號是有節奏地連按兩次門鈴。看到默默走進屋內的泉，小峰非常訝異。過了一、兩秒，她才發現這位不速之客戴著手套、雙手抓著一條領帶。她的訝異頓時變成了恐懼。

泉本來以為自己很冷靜，其實還是很慌張。她忘了拿出電擊棒。看到那女人想逃，泉隨手拿起鞋櫃上的擺飾砸過去，那女人倒地後，泉又用領帶勒住她的脖子，死命扯緊。泉明明那麼憎恨這女人，勒住她脖子的時候卻沒有感受到任何情緒。確認那女人斷氣之後，泉鎖上大門，走進房間，等待那一刻的到來。

過了一個小時，門鈴有節奏地連響了兩聲，過了一會兒又以相同節奏響起，接著傳來鑰匙插入的聲音。大門打開了，泉聽到有人倒抽一口氣的聲音，接著有個金屬物品掉在地上，然後是關門聲。泉豎耳傾聽，走廊上的腳步聲逐漸走遠。辰彥沒有檢查那女人的生命跡象，也沒有打電話報警，而是當場逃走。發現辰彥是這種人，泉感到安心，又覺得自己老早就看出來了。

玄關有支鑰匙，大概是辰彥掉的。泉拿著那女人的手機，鎖上大門，離開公寓。要快一點才行。她坐進租來的車，駛向雲雀之丘的公寓。

泉把出租車停在公寓對面的停車場，等了一下子，就看到辰彥從車站的方向走來。雖然路上很暗，她還是能清楚看出辰彥的驚慌。她小聲叫道「百井先生」，辰彥被嚇得渾身一抖。

「你太太拜託我來找你。她說她做了很不好的事。現在她正在車上。」

辰彥果然以為殺死那女人的是自己的妻子，他臉色僵硬，叫了一聲「咦？」。車子的後座有一條準備用來包裹辰彥屍體的毛毯，泉故意把毛毯弄成人形。辰彥正想上車，泉就把電擊棒按在他身上。她本來以為辰彥會立刻昏過去，但他只是劇烈抽搐，並沒有昏倒。泉趕緊把領帶纏在他的脖子上，用力勒緊。就像絞殺那女人的時候一樣，她的心情還是很平靜，像是在念注意事項似地默默想著「動作快一點，冷靜一點，不能被人發現」。

她用毛毯裹起辰彥，把車開到武藏村山市的森林裡。

一切都如計畫的一樣順利。

泉沒有料到野野子的婆婆會把凜太帶走，但多虧了她愚蠢的行為，泉才能和他們兩人迅速拉近距離，所以泉應該感謝她才對。

以魂魄的形式繼續活著的大樹、大樹的老婆、大樹的孩子。她要慢慢地重新打造一個家庭。就像她和一歲的大樹重新開始生活一樣，只要花些時間重新打造家庭就好了。

「我覺得我先生不會再回來了。」

野野子進了泉的客廳，跪坐在小矮桌前喃喃說道。

「唔，或許吧。我也不知道啦。」

泉一邊泡茶一邊回答。

「我打算搬家。」

「咦？搬去哪裡？」

「還沒決定……托兒所的人都知道這件事了，我先生的名字和照片還被公開在網路上，很快就會弄得人盡皆知了。而且我很怕婆婆會再做什麼。」

泉很想說「我也一起搬」，但還是勉強忍住了。

「不用這麼急啦，情況穩定下來之前先住在我家也行啊。」

野野子嘴上說著「謝謝」，但她似乎不打算接受泉的提議。

泉開始感到不安。

她有辦法再次找到他們兩人的所在嗎？野野子還沒發現命運開始朝著正確的方向轉變，如果泉不盯著她，她會不會跟其他男人結婚？

野野子要去便利商店，但凜太不想去。和平時不同的狀況讓他有些亢奮，他一邊對抗著睏意，一邊指著屋內各處，問道「這個是什麼？這個是什麼？」。

「凜太，你真的不跟媽媽一起去嗎？」

野野子在門口又問了一次，凜太舉起一隻手說「拜拜」。

大門一關上，凜太就握住泉的手。他的動作很自然，像是打從一開始就想要這樣做。

光滑的、極富彈性的、溫暖的小手。握在泉的手中剛好契合，就像是她的一部分。泉知道，這孩子就是大樹的轉世。

證據就是他沒有選擇和母親出去，而是選擇和我在一起。他握住了我的手，就像握著熟人的手。野野子會獨自去便利商店或許也是這孩子安排的。凜太笑著說「奶奶」的聲音，聽起來就像在叫「媽媽」。

投胎轉世之後還會再相遇。她看過的書也是這麼說的。關係密切的人就算投胎轉世，還是會遇上彼此，繼續一起生活。

泉帶著凜太走出家門，坐上計程車。

凜太似乎很少搭車，興奮地不停叫著，但泉拿餅乾給他，他就靜靜地吃了起來。他被野野子的婆婆帶走時哭得那麼大聲，現在卻沒有半點不安，也沒有哭。

泉真想昭告天下。

因為這孩子就是大樹，他是大樹投胎轉世的，他們的靈魂是相連的。

她突然想起以前也有過相同的感覺。想要向全世界大喊「看哪！」的驕傲和興奮。眼底充滿了明亮的光輝。

啊啊，就是那個時候。一道光柱從天空打在餐桌上，她一邊沐浴在光中一邊想要大喊「看看我！我是這麼地幸福！」。雖然畫面很鮮明，卻遙遠得像是前世的記憶。

位於前林市的家還是老樣子。

泉抱著因熟睡而變得沉重的凜太，正要用鑰匙開門時，背後有個男人問道「妳是猿渡女士嗎？」，回頭一看，是一個拿著手電筒的警察。還沒等他問完「那孩子是百井凜太吧？」，泉就關起大門，上了鎖，外面傳來激烈的敲門聲，那人一邊喊道「請開門。凜太沒事吧？請妳放了凜太」。

泉的腦中迸出一個念頭。

「這孩子是大樹！他是大樹投胎轉世的！」

外面安靜了片刻。

「猿渡女士，請妳快點開門。」

「如果你進來，我就跟這孩子一起死！我真的會死喔！」

喊出這句話的瞬間，泉的腦門被自己的話重擊了一記。

一起死。但人是不會死的。死掉的只是肉體，靈魂會繼續活著。這麼說來，肉體又有什麼意義？

她抱著凜太走上樓梯，打開大樹的房門。她搬走之後還會定期回來打掃，所以屋內沒有霉味也沒有灰塵。

她把那幼小的身軀放在床上，蓋上棉被，自己也躺在一旁。此時她突然覺得腦袋麻痺，嗚咽隨著炙熱的呼吸一起湧出。

泉閉上眼睛，淚水從眼角流下。她專心聽著睡在一旁的孩子沉沉的呼吸聲，全神貫注地感受那小小身軀散發出的溫度。

意識逐漸模糊，她搞不清楚自己身在何處，在做什麼。

她覺得自己好像已經失去肉體，飄浮在時間和空間都不存在的地方。她或許和大樹一起變成了宇宙的一部分，一起飄浮著。她突然覺得，已經夠了。如果這輩子就這麼結束了，或許也不錯。

外面靜悄悄的。但警察之後還是會闖進來，把我從孩子的身邊拖走。泉想像著今後可能會發生的各種狀況，覺得自己快要撐不下去了。

好累啊。她心想。

心和身體都沒力氣了。但她還得為了「那一刻」保留最後一絲力氣。泉的手在棉被底下握住了菜刀。

「大樹媽媽。」

聽到窗外傳來的聲音，她反射性地坐起來。

大樹媽媽……

她想起了自己被如此稱呼的遙遠過去。幸福的晚餐時刻。天上打下來的光柱。說說笑笑的孩子們。腦海浮現出前世的幸福回憶。

「大樹媽媽？妳在裡面嗎？」

敲窗的聲音接著響起。

泉靜靜地下了床，悄悄掀起窗簾一看，不禁嚇得後退。雖然黑暗之中看不清楚，但她覺得彷彿跟窗外的男人對上視線。他大概是爬在梯子上吧。

「太好了，原來妳在嘛。孩子也在裡面嗎？」

男人在窗外對她說話。泉又後退了一步，她發現自己的左手依然握著菜刀。

「我可以跟妳稍微聊一下嗎？我姓三矢，三矢秀平。」

沉默了幾秒之後，男人又繼續說：

「凜太是大樹轉世投胎的啊？我剛才聽妳這麼說。」

泉回頭看著床上。孩子毫無防備地張著嘴巴呼呼大睡。緩慢的呼吸，甜美的氣息。以前我也凝視過如此可愛的睡臉。即使是遙遠的回憶，甚至是前世的回憶，那段幸福的時光都是真實存在過的。

泉走近窗邊。

「是啊，這孩子是大樹轉世投胎的，我很清楚。」

泉知道不管自己如何極力聲稱，別人也不可能理解。這個奇蹟和奧祕是僅屬於我和大樹的。即使如此，她還是希望別人明白，還是希望別人接受。

「真羨慕。」

男人的回答令泉大吃一驚。羨慕？她想搞懂他說這句話的用意。

「可以見到重要的人的轉世，真是令我羨慕。如果我也能見到我母親的轉世，不知該有多好。」

她不知道這男人到底想說什麼。

「我母親二十五年前被殺了。當時我才十三歲。我很想知道，我母親到底發生了什麼事？為什麼她會死呢？知道這些事的只有她自己。我一直等著母親再次出現在我面前，就算是鬼魂也好，就算是托夢也好，坦白說，我直到今天都還在等。所以我由衷地羨慕妳能見到大樹的轉世。」

母親被殺了……男人說的話刺進泉的耳中。

想知道到底發生了什麼事，為什麼他會死……

這十五年來，泉的心中也是一刻都不停地問著這些問題。

「可是啊，泉太太……」男人的語氣變得悲傷。「就算那孩子是大樹的轉世，他現在已經變成凜太了，現在那孩子的母親不是妳，而是野野子太太，妳應該也很清楚吧。」

「已經太晚了！」

泉反射性地回答，這時她才意識到自己等不及了。幾個小時前，握住凜太的手的那一刻，包圍著她的現實就已經消失，她置身於一個充斥著美麗金光、時間和空間都不存在的地方。只剩魂魄的泉和凜太變成了光的粒子飄浮在其中，一切的感覺都消失了，她只感到了至高無上的幸福。

如果當時她的理性戰勝，她就會依照原本的計畫，多花一些時間和野野子及凜太縮短距離。不過，泉的本能選擇了另一條路。

「就算死了也不會消失。」

泉擠出聲音，左手更用力地握緊菜刀。她沒聽見男人的回答，但感覺到他在窗外側耳傾聽。

「人就算死了也不會消失，會死去的只有肉體，靈魂會繼續存在。所以人死了也沒什麼大不了的。」

窗外沒有傳來回答。那人剛才明明說他相信轉世投胎這種事嗎？為什麼此時沒有附和呢？泉感覺遭到了反對。

「是真的！我看過很多書，和尚、通靈者、宗教人士都是這麼說的，甚至包括醫生在內。美國一位知名醫生的書也是這麼說的，他說靈魂會永遠存在，還會不斷地投胎轉世，所以人死了也不用傷心，因為有密切關係的靈魂一定還會再相遇的。」

人死了也沒什麼大不了的，不需要難過，那只是一瞬間的事，只是靈魂脫離了肉體。泉看著床上那張毫無防備的睡臉，如此告訴著自己。

「我也看過那本書。」

男人說道。

「所以你應該可以理解吧！」

「那本書拯救了我。就算我這輩子再也見不到母親，死了之後還是會再見到，我可以到時再問母親發生了什麼事。只要這樣想，心情就平靜多了。」

泉慢慢走近床邊，一邊把菜刀從左手換到右手。

「可是妳漏掉了那本書中的一個重要訊息。書上說，人在現世有自己的課題。妳還記得嗎？應該記得吧？」

課題……書裡有寫到這件事嗎？泉牢記在心的只有人死了不會消失這件事。

「如果沒有完成這輩子的課題，就算轉世投胎，還是會遭受同樣的折磨。書裡不是這麼寫的嗎？」

聽他這麼說，泉才隱隱約約地想起，書上提到有些人在投胎之後依然發生相同的情況，連死法也一樣悲慘。不過那又怎麼樣？

「妳以前害大樹死於不幸的意外，難道這次又要讓轉世後的大樹不幸地死去嗎？而且還是用最可悲的方式——自己親手殺掉他。再這樣下去，你們下次轉世還是會發生一樣的情況，妳真的願意陷入這麼可悲的輪迴嗎？」

還是會發生一樣的情況……

無論投胎轉世多少次，這孩子都會被我害死？我會一再地殺死這個孩子？一次，又一次……

泉咬緊牙關。

淚水滴在那毫無防備的睡臉上。那緩慢的呼吸和甜美的氣息還是沒有改變。

「泉太太，妳有在聽嗎？妳說人死了也沒什麼大不了的，那麼妳和那孩子結束這輩子的生命時，妳能抬頭挺胸地對大樹說出自己的所作所為嗎？妳敢說那是母親該做的事嗎？妳覺得大樹聽了會高興嗎？」

那男人說，一定要停止這種輪迴，現在就是該停止的時候。

我當然知道。泉本想這樣回答，但她並不確定自己是不是真的知道。

她希望再得到一次機會。希望可以重新來過。

可是，下一次我還是會做出同樣的事嗎？我每次轉世都會害死大樹，大樹每次轉世都會被我害死，即使如此，大樹還是會一次又一次地露出信賴的笑容叫我「媽媽」。

現在我所能做的，就是阻止這一切再次發生嗎？

「泉太太，我很想問我母親一些事，我很想問她為什麼會死，不過我還有另一件事更想問，那就是她即使最後死於非命，她是否覺得自己的人生很幸福。」

是否覺得自己的人生很幸福……聽到這句話，泉頓時想起大樹的笑容。

——我的巧克力蛋糕呢？

——媽媽，這手機很棒耶。

——媽媽，妳看這個。

——嘿，媽媽。

——媽媽。

笑得那樣純真的大樹絕對不能說是不幸的。

泉打開窗上的鎖。

她和那男人隔著窗子望著彼此。那張臉有一瞬間好像在哭。

男人打開窗戶，爬了進來。他從泉的手中拿走菜刀，望向睡在床上的孩子。

「都是我害的！」泉嘶吼著。「因為我不是一個好母親！因為我讓大樹覺得在家裡很拘束，我讓大樹感到了壓力！所以大樹那一晚才會跑出去！」
聽著自己的叫聲，泉心想，自己一直很想告訴別人這番話。
「我覺得不是這樣。」
聽到男人的回答，泉才發現她不是想要說出這些話，而是希望別人反駁她。
「大樹會死不是妳害的。我這樣說妳可能不會相信，不過那件事真的不是妳害的。或許妳總有一天會知道那個晚上發生了什麼事，又或許妳永遠都不會知道，無論結果是哪一種，妳應該都會很痛苦吧。不過啊，泉太太……」
聽到他叫「泉太太」的時候，泉突然想起這男人的名字是三矢。
「妳殺死的那些人也有母親。」
三矢背後的窗子又有其他人爬進來，接著又有好幾個人爬上梯子的聲音。
「他們都有母親。」
三矢又說了一次，然後走到泉的面前。他的臉上沒有淚水，但看起來卻像在哭。
三矢舉起了手，泉還以為自己要挨打了，結果三矢卻抱住了她。他的西裝冰涼涼的，泉不知為何卻感到了溫暖。
泉一點力氣都不剩了，如果不是被三矢抱住，她一定會倒下去。

16

在丈夫葬禮結束的一週後，兩位刑警跑來找她。

百井野野子正在自己母親位於前林市的公寓。

雖然母親一直叫野野子別回前林市，但是一聽說她丈夫的遺體被發現，母親就立刻跑來，俐落地處理好葬禮的事，還叫野野子暫時搬到她的公寓，免得被媒體記者騷擾。野野子也乖乖地帶著凜太搬來和母親一起住。

母親現在帶凜太出去買東西。自從丈夫的遺體發現後，她一再發現母親有令人意想不到的一面。

殺死她丈夫的人是松本。松本是那孩子的母親，她的同學水野大樹的母親。一聽說這件事，野野子就想起他提起「我家老媽」時的靦腆笑容。

姓三矢的刑警問道：

「我想再問妳一次，妳覺得水野大樹為什麼會死？」

他望向野野子的視線強而有力。

「我不知道。」

野野子想起他們以前也有過相同的對話。

三矢想必也記得。

「妳上次也是這麼回答的，但是妳當時的表情似乎透露了妳知道一些事。」

他說完之後看了看身邊的同事，像是在徵求同意。

「是的，我記得妳露出了錯愕的表情。」

她可能是第一次聽到這位年輕刑警的聲音。

野野子不知道大樹死亡的理由，她只是想起了十五年前的事，感受到了快要忘記的悲傷。這不是謊話，但也不完全是真的。

「妳說妳跟大樹幾乎沒說過話，但你們的關係應該不普通吧？我們在大樹母親的房間裡找到了這封信。」

三矢拿出一個白色信封。看到信封上的寄件人和收件人都是大樹，野野子立刻想到那是國中畢業時寫給三十歲的自己的信。野野子也收到了十五年前的自己寄來的信，內容平淡無趣，只寫了「我覺得三十歲的自己一定會養貓」。

野野子拿出信封裡的信紙。她一看就表情嚴肅地屏息。

如果三十歲的我已經結婚，太太應該是乾野野子吧。因為我覺得她能理解我。

野野子的心被戳了一下，懷念和悲傷從被戳中的地方逐漸蔓延到全身。原來他是這麼看待她的。她在心中這樣想，但又覺得自己其實早就發現了。

「猿渡泉因為不知道大樹為什麼會死，一直深受折磨。妳和大樹的關係或許就是解開這個謎題的鑰匙。妳能不能告訴我呢？」

野野子遲疑了兩、三秒。

「我們的關係沒什麼大不了的，我也不覺得這和大樹的死有關。」

都已經過了十五年，那一切都只會被當成遙遠的往事吧。野野子做了個深呼吸，鼓起勇氣。

「大概是國三的夏天吧，我和大樹開始私下見面。一開始是在離學校很遠的公園偶然遇見的。那座公園是野貓聚集的地方，大樹會去那裡餵貓。那陣子我不喜歡待在家裡，所以常常跑到公園打發時間。」

她本想把事情說得很稀鬆平常，三矢卻不是隨便聽聽就算了。

「為什麼妳不喜歡待在家裡？」

「因為我母親的男友在家。」

野野子老實地回答。

「為什麼妳母親的男友在家會讓妳不喜歡待在家裡？」

三矢毫不留情地追問。

「因為我覺得有危險，他總是色瞇瞇地盯著我看。雖然我是到了後來才看清的……總之我開始躲到公園去。因為經常碰到大樹，就漸漸聊了起來。」

「那大樹說去參加社團活動，其實都是去見妳囉？」

「應該是吧。我向大樹提過母親男友的事。」

她提過的不只是亮的事，還包括母親不愛她、擔心自己可能會被母親拋棄、家裡沒錢等等。她有什麼煩惱都能向大樹傾訴，或許是因為她也知道大樹的祕密吧。

「大樹聽了妳說的事，是怎麼回答的？」

「啊？」

「妳母親男友的事。」

「他問我要不要殺掉那個人。」

野野子說完就笑了。這一笑更加強了她心中的悲傷。

「他問我『要不要我殺了他？』，我回答『那就麻煩你了』。他後來真的想了一個計畫，當然，那只是在開玩笑。」

「怎樣的計畫？」

「只是個幼稚的計畫。」

野野子又笑了。她知道自己很難過。明明不覺得好笑，她不明白自己為什麼要笑。

大樹想出來的計畫是這樣的……

亮固定在晚上十點半離開，開著停在屋後空地的車去運動俱樂部上班，所以大樹準備事先躲在汽車後座，等亮坐上駕駛座之後就勒死他。棄屍可以用大樹父親公司的車。大樹沒有開過車，不確定自己會不會駕駛，若是用父親公司的車，他就能偷打一副鑰匙，事先練習。

「原來如此。」

三矢把拳頭靠在下巴，輕輕點頭。

「也就是說，大樹打算騎腳踏車去父親的公司，把公司的車開到妳家附近，殺死妳母親的男友，然後把屍體搬到父親公司的車上，載到某處丟掉，然後把車開回公司，再騎腳踏車回家。他的計畫是這樣吧？」

「嗯，是的。」

過了十五年再提起這件事，她更覺得這個計畫很幼稚。

「妳把母親男友的車鑰匙交給大樹了吧？」

「你怎麼知道？」

野野子確實瞞著亮偷偷打了一副備用鑰匙，交給大樹。

「可是根本沒有用到。」

野野子嘆了一口氣。「應該說，本來就是在開玩笑。」

「埋屍的地點在哪裡？」

三矢的問題令野野子很意外，她忍不住「咦？」了一聲。

「大樹的計畫是準備把屍體丟到哪裡？」

野野子喉嚨哽住，片刻以後，心臟開始急速跳動。

她聽大樹說過，地點是河對岸的廢棄工廠。他說那工廠被丟著不管，屍體藏在那裡短期之內不會被發現。

兩年後，那地方真的出現了一具男屍。

但那件事顯然不是大樹做的，因為大樹意外身亡之後，亮還活著。

——我把那傢伙宰了。

她想起母親的低語。

就在亮銷聲匿跡的那陣子。

「是廢棄工廠吧？」

「咦？」

「或許大樹真的做了。」

「做了什麼？」

野野子不明白三矢在說什麼。

「妳見過這個人吧？」

三矢一邊說，一邊拿出一張照片。

那是個三十多歲的男人，他面帶笑容直視著鏡頭。那人不是亮，但野野子似乎見過他。

「他應該是妳母親認識的人。」

聽到這話野野子才想起來，這是母親在亮回去老家時帶回來的男人。她只見過一次的男人跟這件事會有什麼關係？

野野子緊閉著嘴，盯著照片上的男人。

「妳不需要隱瞞。」三矢像是在安撫她。「我已經跟妳母親確認過了，她認識這個人，她說這是店裡的客人，還邀他去過家裡一次，不過後來就沒再見過他了。出現在廢棄工廠的男屍就是這個人。」

那具男屍不是亮嗎？

野野子突然感到全身無力，此時她才發現自己十幾年來都活得很緊張。不過她還是不明白三矢到底在說什麼，也不知道他打算說什麼。

「這個人去過妳家吧？」

「是的。」

「是什麼時候呢？」

是在亮回老家的時候。野野子把亮對她的所作所為告訴母親，母親回答「騙人的吧」，後來卻變得自暴自棄，還把這個男人帶回家。

「是三月二十五日嗎？」

「我不記得日期。」

「是大樹發生意外的前一天吧？」

是這樣嗎？或許吧。

「我認為大樹瞞著妳悄悄執行了計畫，但他可能搞錯了對象，把碰巧去妳家的這個人當成了妳母親的男友。」

咦！野野子在心中喊道，但她沒有真的發出聲音。

野野子搜尋著腦中模糊的記憶。

那一天，那個男人怎麼了？母親出門上班後，在家裡閒著沒事的那男人是不是說要出去買菸？有賣那牌子香菸的便利商店很遠，或許他開走了亮的車。車鑰匙一直放在鞋櫃上。

所以大樹那一晚真的為了執行計畫躲在亮的車上嗎？他真的把那男人當成亮而殺死，將屍體埋在廢棄工廠？依照計畫做完這一切之後，他騎腳踏車回家的途中，為了甩掉警車而撞上卡車？真的會有這種事嗎？

「這一切只不過是我的猜測。不過，如果我真的猜對了，為什麼大樹會做出這麼可怕的事？他是為了保護妳嗎？要保護妳應該還有其他方法吧。」

野野子回答「我不知道」。除此之外她也不知道還能說什麼。

「最後我想再問妳一個問題。這個問題非常重要。」

坐在桌子對面的三矢稍微探出上身。

「大樹是不是不喜歡待在家裡？他說過在家裡覺得很拘束嗎？他母親讓他感到壓力嗎？」

野野子搖頭。想起大樹說的那些話之前，她先想起了大樹的靦腆笑容。

——我家老媽完全符合了一般人說的「強韌大媽」。

——我家老媽老是說自己喝水也會胖，那才不是真的。

——我家老媽雖然是個普通的大媽，但是很可愛呢。

「我覺得大樹很喜歡他媽媽。」

野野子不知道大樹的母親為什麼要帶走凜太。

讓她感到奇怪的是，那一晚平安回到家的凜太明明遭到這麼可怕的事，看起來卻很開心，就像是度過了一段快樂的時光，興奮地不停叫著「奶奶！奶奶！」。

兩位刑警離開後，野野子繼續坐在沙發上思考。

在廢棄工廠找到的男屍不是亮的遺體。

那麼亮到底去哪了？母親說「我把那傢伙宰了」又是怎麼回事？

野野子覺得有必要搞清楚自己十五年來丟著不管的事。如果繼續不管不顧，她一輩子都會被十五年前的母親束縛住。

「喔喔，好像有這麼一回事。」

母親購物回來，笑著回答了野野子緊張的詢問。

凜太正沉迷在她母親買給他的積木。野野子真沒想到母親會這麼疼愛凜太，更沒想到凜太會這麼黏她母親。

母親站在抽風機下點了菸，嘿嘿地笑著說「抱歉」。

「都是因為我喜歡上那個蠢男人，才會害妳怕得每晚作惡夢。我已經好好地反省過了。我說宰了那個男人只是為了讓妳能安心入睡。這招確實很有用吧？妳後來都沒再作惡夢了吧？」

——我把那傢伙宰了。

原來她那句話是騙人的。

可是亮後來真的下落不明，也沒再去運動俱樂部工作。野野子還沒說出這件事，母親就先開口：

「當然不只是這樣。我還拜託店裡一位很凶的客人去恐嚇他，叫他立刻滾出前林市。」

母親又笑著說「當時我太血氣方剛了」。

原來一切都是假的嗎？

那她就沒必要對母親感到虧欠了。

她又想起大樹說的那句「要不要我殺了他？」。聽到野野子回答「那就麻煩你了」，他用力地點點頭。大樹的臉龐和那隻貓重疊了。那隻褐黑色虎斑貓，野野子帶回來養的貓。牠本來胖嘟嘟的，後來卻漸漸瘦下去，眼睛混濁，鼻子流出血水。牠一看到野野子就會小聲地喵喵叫。

野野子心想，大樹和那隻貓都是被我害死的。

17

三矢把花籃放在花壇前，閉目合掌膜拜。岳斗站在他後面，做出相同的動作。

這是岳斗第二次來到少年水野大樹十五年前意外身亡的地方。和第一次不同的是，他對沒見過面的那位少年感覺更親近了。雖然感到親近，但他還是看不清楚少年的真實樣貌，只能看到一個模糊的輪廓。就算是為了保護喜歡的女孩，有必要採取殺人這麼極端的手段嗎？他沒有想過其他方法嗎？

三矢結束了漫長的膜拜後，說著「我們走吧」，坐上在一旁等待的計程車。岳斗不用問也猜得到三矢打算去少年丟棄鑰匙的那條河。三矢的行程應該和他們第一次來前林市一樣。

他今天或許是最後一次和三矢搭檔，回到東京後，他們就會各自回到自己的工作場所。一想到這裡，岳斗覺得有些話想告訴三矢，但他卻不清楚自己想說什麼，心中愈加煩躁。

他們在河邊下了計程車，岳斗跟著三矢走到橋上。今天的風比上次更冷。映出漸暗天空的河水緩緩流動，看似一公一母的兩隻鴨子在水中划動橘色的腳，悠哉地游泳。

岳斗突然想到，鴨子的壽命有多少年呢？這兩隻鴨子在十五年前目睹過少年丟棄鑰匙的那一幕嗎？這孩子氣的想法讓岳斗不禁在心中苦笑。

水野大樹在這座橋上丟棄了車鑰匙，一支是他父親公司的車，另一支是野野子母親男友的車。他絕對不能被抓。他一定覺得如果被警察盤問，自己剛剛做的事就會曝光。

如同三矢所說，這一切只不過是猜測。完全清楚水野大樹那晚發生了什麼事的人，就只有他自己。

三矢雙手按在欄杆上，低頭看著逆流而上的鴨子。

「那兩隻鴨子是母子吧。」

三矢喃喃說道。

岳斗覺得那兩隻鴨子差不多大，應該不是母子，但還是配合地說「或許吧」。

兩人看著鴨子好一陣子。

「三矢先生能理解水野大樹的想法嗎？」

岳斗問道。還沒等三矢回答，他先說出了自己的想法。

「我實在無法理解。就算他再怎麼想保護野野子，怎麼會想到要殺人呢？」

「我覺得大樹很喜歡他媽媽。」

三矢用朗讀的語調說道，然後看著岳斗說「這是野野子太太剛才說的話」。

岳斗點點頭，他也記得她說過這句話。

「我的想法和你一樣。這麼愛母親的少年怎麼可能選擇殺人呢？即使是為了保護野野子太太，風險未免太大了，這點就連國中生也知道。大樹不可能做出讓母親難過的事，他的行為怎麼看都太偏激了。所以，老實說，我對自己的推理沒什麼信心。他為什麼會死，這個問題我到現在還是沒搞懂。」

猿渡泉承認自己殺害了百井辰彥和小峰朱里，但她沒交代殺人的動機，也沒解釋她為什麼帶走凜太。

——都是我害的！

她悲痛的呼喊刻劃在耳膜上。

——因為我不是一個好母親！因為我讓大樹覺得在家裡很拘束，我讓大樹感到了壓力！所以大樹那一晚才會跑出去！

她這十五年來一直在責怪自己。

「我覺得大樹很喜歡他媽媽。」三矢又用朗讀的語調說了一次。「這句話或許是泉太太的救贖，但也會帶給她新的痛苦。」

岳斗心想，或許吧。

兒子是愛著她的，但她一定也會意識到，自己犯下了讓兒子難過的重罪。

「正是因為如此，我們一定要把野野子太太的話告訴她。」

說完以後，三矢把手從欄杆上放下，說著「我們走吧」，走向計程車。

「三矢先生，那本書是什麼書？」

岳斗迫切地問道。

他還記得三矢隔著窗子對躲在屋內的猿渡泉這麼說。

——書上說，人在現世有自己的課題。

三矢裝傻地喃喃說著「那本書？」。

「就是你和猿渡泉太太都看過的那本書啊。」

可能是受到三矢的影響吧，岳斗提到變成嫌犯的猿渡泉時，很自然地加上了稱謂。

三矢看著岳斗，輕輕地笑了。

「那是我和她的祕密。應該可以讓我們保有一些祕密吧。」

如果想要知道，就只能自己去查了。

岳斗沒有繼續追問。

也罷，如果真心想要知道，只要拿出實際行動，他相信總有一天會找到自己的答案。

二〇〇三年十二月

「要不要我殺了他？」

他一邊看著貓咪們吃飼料一邊說。

眼前的四隻貓一點都不怕生，正在吃他給的飼料。這天他帶的是乾燥貓食。

「咦？」

野野子一聽就發出疑惑的驚呼。

「我在問妳，要不要我殺了那個男人？」

他依然看著貓咪，臉上還帶著笑容。

「嗯，那就麻煩你了。」

野野子也笑著回答。

傍晚的公園裡看不到孩子的身影，偶爾有溜狗的人經過散步道。冷風吹來，蹲在地上的野野子把身子縮得更小了。

「那或許是我的誤會，說不定只是我想太多了。」

「一般人不會隨便摸女孩的臉，或是隨便握女孩的手。」

他一邊說，一邊把剩下的飼料都倒進碗裡。

從夏天開始餵食的四隻貓都不怕人了，一看見野野子和他，就會可愛地喵喵叫，跑到他們身邊。

是他先開始餵貓的。

有天放學後，野野子跑來離學校很遠的這座公園打發時間，意外撞見了同班的他。他一邊學著貓叫聲，一邊灑下飼料，引誘著野貓，但貓非常警戒，只是待在遠處盯著他。大概過了四個月，他和貓變得更親近，四隻貓現在都會毫無戒心地吃他給的飼料。

「真可愛。」

野野子說道，他猶豫了幾秒才說：

「其實妳早就發現了吧？」

他問這話的時候眼睛依然盯著貓。

發現什麼？野野子假裝不知，但又覺得他都鼓起勇氣開口詢問了，她若不誠實回答就太失禮了。

「嗯，大概吧。」

野野子回答得很含糊。如果她誤會了，他就會受到無法挽回的嚴重傷害。

「妳就是為了阻止我才會一直跑來公園吧。」

聽到這句話，野野子才確定自己沒有誤會。

第一次在公園見到他，野野子就發現了。

那時暑假剛開始，正是黃昏時分。他躲躲藏藏地蹲在公園角落的涼亭裡，一邊發出貓叫聲，一邊把飼料灑在地上，牛仔褲後面的口袋裡露出了一小截白色的繩頭。

一開始她還沒意識到。他發現有人，猛然回頭看到野野子，立刻驚慌地站起來，同時把手中的飼料全灑在地上，彷彿想要假裝他並沒有在引誘野貓。這動作讓野野子感到不對勁，她無意識地皺起眉頭。他露出吃驚的表情，摸了摸牛仔褲後面的口袋，發現繩子露了出來，表情頓時僵住。他的臉上顯露出絕望和對峙，接著神情驚慌地把繩頭塞進口袋。野野子明白了，他不是因為喜歡貓才跑來餵食。她感到自己的表情也僵住了。

他是班上的風雲人物，雖然不是很出鋒頭的類型，但課業成績和運動細胞都不錯，個性溫和，對每個人都很好，聽說有不少女生對他有好感。野野子無意間看見了他的陰暗面，而且發現這個一向處於陽光中的男孩原來也有陰暗面，讓她的內心輕鬆了不少。

他對正在回憶往事的野野子說：

「有妳的阻止讓我鬆了口氣，不過……」

最後那句「不過」在她的耳中留下了粗糙的觸感。她繃緊腹部，知道他接下來要說的話才是重點。

「終究還是阻止不了吧。」

他嘆氣似地說道，接著他加強語氣。

「我問妳喔，妳有過難以抑制的衝動嗎？」

野野子不用想就知道，自己的心中絕對不會有那麼強烈的動力。

「沒有吧。」

「我倒是有。」

他的語氣之中帶有一種想把衝動化為言語釋放出來、想要向人傾吐的迫切渴望。

「我隨時隨地都想著那件事，想到坐立難安。如果制止自己不去想，就會頭痛心悸、呼吸困難，反而越來越想做。我的體內好像有另一個人。我會忍不住想要看到，忍不住想要親手感受。那會是多痛苦呢？身體會如何掙扎？表情會是怎樣？眼珠會凸出嗎？口水會流出來嗎？會失禁嗎？會痙攣嗎？」

他喃喃說著「我一定不正常吧」。

野野子不知道該怎麼回答。正確地說，她根本懶得思考要怎麼回答。無論她回答什麼，一定都無法觸及他心中的那股衝動。

「我可能是突變種吧。」

他拔起雜草，撕碎，丟掉，然後又重複一樣的動作。拉斷植物纖維的沙沙聲聽起來就像臨終的哀號。

「我所有家人都很溫柔、很善良，媽媽、爸爸、姊姊都是。我經常置身事外地想，他們雖然平凡，但是像他們這樣才是幸福吧。為什麼只有我跟其他人不一樣呢？我跟他們真的有血緣關係嗎？如果他們知道我是這種人一定會很吃驚吧？尤其是媽媽，我絕對不能讓她知道，否則她就太可憐了。與其被媽媽發現，我還不如死了算了。」

「如果你死了，你媽媽才會傷心吧。」

「妳不覺得讓她為我的死亡傷心還比較好嗎？」

「是嗎？我也不知道。」

如果我死了，母親會傷心嗎？野野子一邊思索，一邊老實地回答。

「妳不怕我嗎？」

「嗯，不怕。」

就算知道他心底的衝動，她的心中還是沒有冒出恐懼或戒備。

「喔？真怪。」

他的語氣聽起來漫不經心，但表情卻透露出鬆了一口氣的感覺。

四隻貓吃光了飼料，其中兩隻走到遠處理毛，另外兩隻不知道跑到哪裡去了。

「我家老媽……」他終於抬頭看著野野子。「是為了孩子而活的，所以我絕對不能讓她傷心。她可是個『強韌大媽』，傷心的表情不適合她。我希望她永遠都面帶笑容。」

他一邊說，一邊靦腆地笑了。

本書內容純屬虛構，與實際人物、團體、名稱一概無關。

參考文獻

《前世今生：生命輪迴的前世療法》（Many Lives, Many Masters: The True Story of a Prominent Psychiatrist, His Young Patient and the Past-life Therapy That Changed Both Their Lives. Brian L. Weiss）

《生命輪迴：超越時空的前世療法》（Through Time Into Healing, Brian L. Weiss）

《前世今生愛未央：魏斯博士回溯治療，意外牽起靈魂伴侶的今世情緣》（Only Love is Real: A Story of Soulmates Reunited, Brian L. Weiss）

《轉世之間》（Life between life: scientific explorations into the void separating one incarnation from the next. Joel L. Whitton, Joe Fisher）

《生まれ変わりの村　1》（森田健著，河出書房新社出版）

逆思流

那一天，你做了什麼

（原名：あの日、君は何をした）

著　者／正己寿香
執行長／陳君平
榮譽發行人／黃鎮隆
協　理／洪琇菁
總編輯／呂尚燁

譯　者／HANA
美術總監／沙雲佩
美術編輯／陳聖義
主　編／劉銘廷

企劃宣傳／楊玉如、施語宸、洪國瑋
國際版權／黃令歡、梁名儀
文字校對／施亞蒨
內文排版／謝青秀

出　版／城邦文化事業股份有限公司 尖端出版
台北市中山區民生東路二段一四一號十樓
電話：（〇二）二五〇〇—七六〇〇
傳真：（〇二）二五〇〇—二六八三
E-mail：7novels@mail2.spp.com.tw

發　行／英屬蓋曼群島商家庭傳媒股份有限公司城邦分公司 尖端出版
台北市中山區民生東路二段一四一號十樓
電話：（〇二）二五〇〇—七六〇〇（代表號）
傳真：（〇二）二五〇〇—一九七九

中彰投以北經銷／楨彥有限公司（含宜花東）
電話：（〇二）八九一九—三三六九
傳真：（〇二）八九一四—五五二四

雲嘉以南／智豐圖書有限公司
（嘉義公司）電話：（〇五）二三三—三八五二
傳真：（〇五）二三三—三八六三
（高雄公司）電話：（〇七）三七三—〇〇七九
傳真：（〇七）三七三—〇〇八七

香港經銷／城邦（香港）出版集團有限公司
香港灣仔駱克道一九三號東超商業中心一樓
電話：（八五二）二五〇八—六二三一
傳真：（八五二）二五七八—九三三七
E-mail：hkcite@biznetvigator.com

新馬經銷／城邦（馬新）出版集團 Cite（M）Sdn. Bhd.
E-mail：cite@cite.com.my

法律顧問／王子文律師　元禾法律事務所
台北市羅斯福路三段三十七號十五樓

二〇二二年八月一版一刷

■中文版■

郵購注意事項：
1.填妥劃撥單資料：帳號：50003021戶名：英屬蓋曼群島商家庭傳媒(股)公司城邦分公司。2.通信欄內註明訂購書名與冊數。3.劃撥金額低於500元，請加附掛號郵資50元。如劃撥日起 10～14日，仍未收到書時，請洽劃撥組。劃撥專線TEL：(03)312-4212 ・ FAX：(03)322-4621。E-mail：marketing@spp.com.tw

國家圖書館出版品預行編目資料

那一天，你做了什麼 / 正己寿香著 ; HANA 譯 . -- 1 版 . -- 臺北市 : 城邦文化事業股份有限公司尖端出版 : 英屬蓋曼群島商家庭傳媒股份有限公司城邦分公司發行 , 2022.08
面 ; 公分
譯自 : **あの日、君は何をした**
ISBN 978-626-338-212-1 (平裝)

861.57　　111010214